Anne Mather

Durmiendo con un extraño

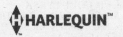

Editado por HARLEQUIN IBÉRICA, S.A.
Núñez de Balboa, 56
28001 Madrid

I.S.B.N.: 978-84-687-3592-4
Depósito legal: M-24106-2013
Editor responsable: Luis Pugni
Fotomecánica: M.T. Color & Diseño, S.L. Las Rozas (Madrid)
Impresión en Black print CPI (Barcelona)
Fecha impresion para Argentina: 19.5.14
Distribuidor exclusivo para España: LOGISTA
Distribuidor para México: CODIPLYRSA
Distribuidores para Argentina: interior, BERTRAN, S.A.C. Vélez
Sársfield, 1950. Cap. Fed./ Buenos Aires y Gran Buenos Aires,
VACCARO SÁNCHEZ y Cía, S.A.

Capítulo 1

HELEN estaba apoyada en la barandilla cuando el ferry atracó en Santoros. Milos podía verla claramente a pesar de la gran tensión que le embargaba. Y tenía que admitir que aún era una de las mujeres más bellas que nunca había visto.

O con las que se había acostado, añadió, intentando esclarecer el hecho de que iba a verla de nuevo. A pesar de que habían pasado catorce años desde que tuvo algo que ver con ella, no podía negar los nervios a flor de piel o las tumultuosas emociones que su mera visión inspiraba.

Theos, ¿qué le estaba pasando? Ella se había convertido en una esposa, una madre y una viuda desde aquel encuentro en Londres. Debería haberla olvidado. Y así había ocurrido, se reafirmó con determinación.

¿Era su imaginación o Helen parecía un poco inquieta después del viaje? Dos vuelos y un trayecto en ferry después podían causar tal cosa, pensó. Pero él no tenía ninguna experiencia de primera mano, ya que lo habían mimado con aviones privados, helicópteros y yates.

Sin embargo ella estaba aquí ahora y Sam, su padre, estaría encantado. Había hablado de poco más desde que ella aceptó su invitación. Milos estaba seguro de que Sam habría querido verla personalmente, pero aun así le pidió que lo hiciera él. Sam había asumido que su relación previa con ella le daría un poder de convicción que él no tenía. ¡Si él supiera...!

Pero naturalmente Sam estaba nervioso por la visita.

Casi habían pasado dieciséis años desde que había visto a su hija por última vez y entonces había sido en condiciones nada favorables. Según él, su primera esposa se había asegurado de que su hija solo supiera una versión de la historia. Una historia que implicaba a un Sam desilusionado relacionándose y finalmente casándose con una griega morena y atractiva que había conocido en un viaje de negocios a Atenas.

Cuando unos veinte meses más tarde Milos conoció a Helen, ella había mostrado una gran hostilidad hacia su padre, no menor a la que mostró cuando descubrió que él le había sido infiel a su madre. Le echó la culpa a él. Era joven, idealista e irremediablemente ingenua.

Pero tan vulnerable... tuvo que reconocer Milos con desgana. Él se había aprovechado de esa vulnerabilidad. *Endaxi*, él no había sido el único culpable, se justificó. Ella había sido más que complaciente a la hora de satisfacer sus peticiones.

El sentimiento de culpa lo tuvo más tarde. Cuando volvió a Grecia. No le dijo a nadie lo que ocurrió durante el viaje. Ni siquiera a su familia; ni a Maya, la segunda esposa de Sam; y tampoco a Sam, que confiaba en él. Pero el peor sentimiento de todos era que de algún modo se había traicionado a sí mismo. Y ahora estaba allí, mientras observaba el ferry. El problema fue que su propio matrimonio, el que su padre arregló en contra de su voluntad, se estaba rompiendo por aquella época y él había estado buscando diversión. Y esa diversión se la proporcionó Helen, pensó amargamente. Pero después ella lo había abandonado, demostrando lo inmadura que era.

Naturalmente, él no había esperado llegar a la situación en que ahora se encontraba. El distanciamiento entre Helen y su padre y Maya le había convencido de que nunca iba a producirse una reconciliación. ¡Qué equivocado había estado! Se había quedado estupefacto cuando Sam anunció que Helen y su hija iban a ir de vacaciones a la isla. Pero hacía casi un año que el marido de Helen había muerto, explicó Sam, y la carta que había escrito expresando sus condolencias había ayudado a limar asperezas entre ellos.

Un hombre más cínico se habría preguntado si el sorprendente cambio de fortuna de Sam tenía algo que ver con el cambio en los sentimientos de su hija. A pesar del hecho de que su carrera como importador de vinos en Inglaterra tenía poco que ver con el verdadero cultivo de las uvas, conocer a Maya y consecuentemente hacerse cargo del ruinoso viñedo de su familia le había convertido en un hombre rico. Durante los últimos diez años, Ambeli Kouros, como era conocido el viñedo, había prosperado y Sam Campbell se había convertido en un hombre muy respetado en la isla.

Una chica apareció cuando el ferry atracó, abriéndose paso a través de la multitud de pasajeros para unirse a Helen en la barandilla. No era su hija, se dijo a sí mismo, a pesar de su aparente familiaridad. Llevaba una camiseta negra sin mangas y vaqueros negros anchos recogidos a la altura de los tobillos; el tipo de visitante con lápiz de labios negro, pelo rociado en verde chillón y piercings en las orejas del que la isla podía prescindir perfectamente, pensó Milos. No podía ser más diferente a Helen.

Esperó que un grupo de adolescentes con mochilas que estaban deseando desembarcar la llamasen. Esta era una de esas ocasiones en las que deseaba que su familia poseyera la totalidad de la isla y no solo una gran parte de ella.

Se colocó una pasarela de madera desde el muelle, y cuando los pasajeros se dirigían hacia ella, Milos vio a la niña hablando con Helen. No pudo descifrar lo que ella dijo, pero pareció que no era algo que Helen quisiera oír, ya que después hubo una corta y acalorada discusión entre ellas.

Milos tomó aliento. Ese viaje podía fomentar las amistades más insospechadas; esa criatura no podía ser la hija de Helen. Sea como fuere, estaban bajando la pasarela ahora y sus ojos se habían fijado en la cara colorada de Helen.

Se dio cuenta de que se había cortado el pelo. Pero estaba tan delgada y encantadora como siempre. ¿Lo reconocería? Después de todo habían pasado más de catorce años. ¿Se estaba halagando al pensar que ella podría acordarse tan bien de él como él se acordaba de ella?

Entonces sus miradas se encontraron, y él se quedó sin respiración. *Theos*, ella se acordaba perfectamente de él. ¿Por qué si no había tal mezcla de miedo y odio en sus ojos?

–¿Quién es ese? –preguntó Melissa.

–¿Quién es quién? –respondió Helen.

–Ese hombre –dijo Melissa tajantemente al tiempo que se ponía su mochila sobre el hombro–. Vamos, mamá. Nos está mirando fijamente. ¿No es tu padre, verdad?

–Difícilmente –dijo, reconociendo que solo ella podía conocer la ironía de esa afirmación–. Su nombre es Milos Stephanides. Tu abuelo debe de haberlo enviado para recogernos.

–¿Sí? ¿Cómo es que lo conoces?

–Oh... –Helen no quería hablar de eso en ese momento–. Lo conocí... hace años. Tu abuelo le pidió que viniera a visitarnos cuando fue a en Inglaterra. Eso ocurrió antes de que nacieras.

–¿Y todavía se acuerda de ti? –reflexionó Melissa–. ¿Qué pasó? ¡No me digas que la estrecha de mi madre tuvo de verdad una aventura con un obrero griego sexy!

–¡No! –Helen estaba horrorizada, mirando alrededor para asegurarse de que nadie había oído las palabras de su hija–. Y por lo que sé, no es un obrero. Simplemente trabaja para tu abuelo, eso es todo.

–Bien, ¿qué otra cosa se puede hacer en una granja? –preguntó Melissa impacientemente.

–No es una granja –respondió Helen.

–Sí que lo es –Melissa le echó una mirada sardónica–. No me lo vas a contar –resopló–. Debería haber sido más lista y no haberlo preguntado.

Helen no tenía tiempo para responder a eso. Habían alcanzado el muelle y Milos estaba yendo hacia ellas. Llevaba una camisa desabrochada a media altura del pecho y unos pantalones negros ajustados. Dios, estaba irresistible. ¿Estaba su pelo un poco más largo de como lo recordaba? Pero la delgada y atractiva cara que había aparecido en sus sueños durante todos estos años seguía siendo terriblemente familiar.

Quiso huir y volver al ferry. Sabía perfectamente que era un riesgo ir allí, pero ¿cómo iba a saber que la primera cara que iba a ver iba a ser la de él? Además, con Melissa echándole el aliento en el cuello y una maleta dando golpes en sus talones, no había ninguna alternativa sino seguir adelante. Tenía que aguantar eso. Si acaso demostrarle a ese extraño que había superado lo suyo y que había seguido con su vida.

No ayudó que, a pesar de sus tacones altos, aún tuviera que alzar la cabeza para poder mirarlo a los ojos. Le recordó el pasado de forma excesivamente dolorosa y por un momento pensó que no iba a ser capaz de hacer eso. Pero el sentido común volvió y con un control admirable dijo:

–Hola, Milos. Qué amable al venir a recibirnos. ¿Te ha enviado mi padre?

La indirecta era inconfundible, pero él permaneció impertérrito ante ella.

–No me ha enviado nadie –dijo, con su familiar acento–. No soy un artículo de correo.

«No, no lo eres», quiso decir Helen severamente. «Eres mucho más peligroso». Pero en realidad dijo:

–Sabes a lo que me refiero –lo miró a los ojos por un segundo–. ¿Está mi padre contigo?

–No –Milos hizo desaparecer esa esperanza con fría arrogancia–. ¿Tuviste un buen viaje?

–¡Estás de broma! –se entrometió Melissa, y Helen vio que Milos miraba a lejos ignorando la contestación de la chica.

–¿Dónde está tu hija? –dijo sucintamente–. Pensaba que venía contigo.

–Yo soy su hija –anunció Melissa, claramente resentida por su actitud–. ¿Quién eres tú? ¿El chófer de mi abuelo?

La expresión de Milos no cambió, pero Helen se percató de que se ponía tenso.

–No, el vuestro –respondió–. ¿Es este todo el equipaje que traéis?

Helen se sintió ofendida e incómoda. Ya era bastante duro tener que tratar con un hombre que una vez la había hecho sentirse como una tonta como para tener que sentir vergüenza de la actitud de su hija.

–Sí –dijo mientras le echaba una mirada asesina a Melissa–. ¿Está ... está lejos Aghios Petros?

–No mucho –replicó Milos al tiempo que recogía su maleta–. Seguidme.

–¿No deberías decir *ilthateh sto Santoros*? –preguntó Melissa, impertérrita ante la vergüenza de su madre–. Eso significa «bienvenidos a Santoros» –añadió–. Está bien, ¿eh?

Milos la miró, pero si ella esperaba una reacción enfadada se decepcionó.

–Estoy contento de que tengas interés en aprender mi lengua –le dijo suavemente–. *Then to ixera*.

–Sí –pero Melissa se quedó perpleja y, metiendo su libro de frases en el bolsillo de sus vaqueros, adoptó su acostumbrada agresividad cuando tenía que hacer frente a alguna oposición–. Bueno, en realidad no estoy interesada en aprender griego –dijo groseramente–. Bueno. ¿Nos vamos?

Helen apretó los dientes. Melissa era imposible. Como apiadándose de ella, Milos dijo:

–Tu padre no puede esperar más para verte –dijo. Entonces añadió–: El coche está allí.

–Yo también estoy deseando verle –confesó Helen, andando a su lado–. ¿Está muy enfermo?

–Él está ... tan bien como se puede esperar –respondió sorprendido–. Para su edad está bien –hizo una pausa y añadió forzadamente–: Lamenté el accidente de tu marido.

–Gracias –pero Helen no quería hablar sobre Richard. Y menos con él. Se esforzó por decir otra cosa y encontró la respuesta perfecta–. ¿Cómo le va últimamente a tu esposa?

–Nos divorciamos –dijo, obviamente sintiéndose tan ofendido por su pregunta como ella lo estuvo por la suya–. Tu esposo debía de ser muy joven cuando murió.

–Tenía...

–Una borrachera –se entrometió Melissa, cansada de ser ignorada. Entonces, antes de que ninguno de los adultos pudiera responder, exclamó–: ¡Guau! ¿Es este tu coche? ¡Guay!

Incapaz de refrenarse, los ojos de Helen encontraron los de Milos. Casi podía ver lo que estaba pensando. Se estaba preguntando qué tipo de genes habían engendrado tal monstruo, y ella no podía culparlo. Ni siquiera podía echarle la culpa a la muerte prematura de Richard. Melissa había estado fuera de control mucho antes que eso.

–Súbete en la parte de atrás –le dijo Milos a la niña, abriéndole la puerta del impecable Mercedes.

Había un inconfundible tono cortante en su voz, y, como era de esperar, Melissa le respondió.

–¿Con quién crees que estás hablando? –espetó, sin molestarse en obedecer. Apoyó la cadera contra el coche y pasó una uña pintada de negro por la reluciente pintura plateada–. No me puedes decir lo que tengo que hacer. No soy tu hija.

Una expresión furiosa cruzó la cara de Milos, y Helen imaginó que él estaba pensando que ninguna hija suya actuaría así. Si él supiera...

–¡Simplemente hazlo! –fue todo lo que dijo Milos,

desafiando a Melissa a discutir con él otra vez. Pero Melissa masculló una palabrota y mantuvo su actitud.

–Por favor –añadió Helen, temiendo otra escena–, ¡Melissa, por favor!

–Oh ... de acuerdo.

Melissa aspiró ruidosamente, pero al final se rindió. Echando para adelante el asiento delantero, lanzó su mochila sobre el delicado cuero marroquí y se subió. Pero no hizo ningún intento por evitar restregar sus desgastadas zapatillas deportivas por la parte de atrás de los asientos.

–¿Estás contenta ahora? –le preguntó Melissa.

Helen no lo estaba, pero no era el momento para manifestarlo. Era muy consciente de los peligros que Milos representaba y de lo mal que a ella se le daba mentir. El día había comenzado mal después de una noche de insomnio y de pronto había empeorado.

Se subió en el coche cuando se lo indicó Milos, pero se dio cuenta de que él no estaba nada relajado cuando se sentó junto a ella. Le atormentaba qué estaría pensando él. ¿Había notado alguna cosa en la cara de Melissa o en sus palabras que le hiciera pensar? Dios mío, ¿qué iba a hacer si fuera así?

–Yo voy a tener un coche como este cuando sea mayor –dijo Melissa desde el asiento trasero, y Helen se preguntaba si ella se había percatado de la tensión que existía entre ellos.

–Tendrás que trabajar antes –dijo Helen–. Los coches como este cuestan mucho dinero.

–Siempre podré buscarme un marido rico –le replicó la chica sin contenerse–. Aunque tenga más del doble de mi edad.

Helen contuvo el aliento. Pero se negó a dejarse llevar por el comentario tan poco sutil de Melissa acerca de su jefe.

–¿Vives también en Aghios Petros? –preguntó Melissa.

–No muy lejos de allí –contestó él–. Pero no paso todo el año en Santoros. Tengo una casa en Atenas.

–¿Ah, sí? –respondió sorprendida Helen. Si trabajaba para su padre evidentemente estaba bien pagado.

–Mi familia no se dedica a la producción del vino –le dijo él tajantemente, eliminando con éxito sus ideas preconcebidas acerca de él–. Mi padre tiene barcos.

–¿Barcos? –en este caso fue Melissa la que intervino–. ¿Como el viejo cascarón con vías de agua que nos trajo desde Creta?

–¡Melissa!

Helen le echó otra mirada furibunda a su hija, pero Milos ya estaba aparentemente harto de la insolencia de Melissa.

–No –dijo ásperamente–. No son ferris, *thespinis*, sino petroleros. Desgraciadamente, soy uno de esos ricachones de los que hablabas con tanto desprecio hace un momento.

Capítulo 2

L
A casa de campo estaba situada en una cuesta sobre laderas en terrazas con vides. Una carretera
bordeada de arbustos de tamarisco serpenteaba entre cipreses y olivos. Era una vivienda bastante grande
con aleros en pendiente cubiertos de parras y buganvillas
en flor.

–¿Es esta?

Melissa se inclinó hacia delante, dándole un codazo a
su madre en la nuca, y Milos se preguntó qué diablos haría Sam con su nieta. Obviamente no iba a ser como se la
esperaba.

–¡Mamá! –gritó Melissa. Helen no había dicho nada
y su hija la incitó a hablar.

–Creo que esta tiene que ser la casa de tu abuelo
–dijo mirando de soslayo a Milos–. Esos son viñedos,
¿no es cierto?

–*Ineh*, sí que lo son –confirmó–. Esto es *Ambeli Kouros*.

–¿*Ambeli Kouros?* –repitió Melissa–. ¿Qué diablos
significa eso?

–¡Melissa! –Helen intentó reprimirla pero Milos decidió que estaba perdiendo el tiempo.

–Significa «Viñedo Kouros» –le dijo impacientemente–. Kouros era el apellido de la esposa de tu abuelo.
Cuando él se hizo con el viñedo, conservó el nombre.

–La esposa de mi abuelo –dijo Melissa tras reflexio-
nar un instante–. Esa tiene que ser la malvada bruja de
Maya, ¿no?

–Por Dios, Melissa... –exclamó Helen horrorizada.

Pero Milos reconoció la opinión de la madre de Helen en esa descripción.

–Exacto –dijo–. Te aviso: Maya no hace prisioneros.

Melissa se enrabietó, pero se volvió a sentar en su asiento, claramente decepcionada por no haber despertado una reacción más explosiva. Helen se sintió obligada a intervenir.

–Me temo que el nombre de Maya no es particularmente bien recibido en mi familia –dijo–. Tengo que admitir que mi madre no quería que viniese.

«¡Vaya novedad!», pensó secamente Milos. Él tampoco le gustaba a Sheila Campbell.

–Supongo que ella no confía en Sam –se aventuró a decir suavemente–. O se trata de eso o es que piensa que es demasiado pronto para que pienses en rehacer tu vida.

–¿Te refieres desde que Richard murió? –titubeó Helen–. No. Ella... ella piensa que debería casarme otra vez –«¡A ver qué contestas ahora!», pareció añadir silenciosamente.

–Sí, quiere que mamá se case con un vejestorio –intervino Melissa antes de que Milos pudiera hacer algún comentario. Lo cual le vino bien, ya que la afirmación de Helen lo había desconcertado completamente–. Mark Greenaway. Debe de tener sesenta años como poco. ¡Pues vaya padre!

–Mark no es un vejestorio –protestó con vehemencia Helen–. Y no tiene sesenta años –miró incómodamente a Milos–. Es mi jefe. Posee una empresa de ingeniería y yo soy su secretaria.

–¿De veras? –Milos consiguió sonar solo ligeramente interesado–. ¿Tiene familia también?

–Si te refieres a si está casado, pues no –dijo forzadamente Helen–. Es viudo y no tiene hijos.

–¡Oh, Dios! –murmuró despectivamente Melissa–. No tiene carácter y lo sabes. Si no fuera por el hecho de que papá nunca ha trabajado, nunca habrías pensado en aceptar un trabajo de él.

–¡Eso no es verdad!

Helen estaba avergonzada, y Milos se preguntaba cómo podía permitir que su hija se saliese con la suya y pudiera decir lo que quisiera. Parecía como si Helen tuviera miedo de lo que Melissa pudiese hacer.

De repente, Milos se dio cuenta de que la estaba observando y apartó los ojos de ella. ¿Era solo nerviosismo lo que le impedía a Helen salir del coche o había algo más que quisiera decirle?

Antes de que Milos pudiera averiguar la razón por la que tenía un nudo en el estómago, Melissa rompió el incómodo silencio.

–Bueno, ¿salimos del coche o no? –preguntó.

Milos endureció su expresión y abrió la puerta. Para cuando le había dado la vuelta al coche, Helen ya había salido. Sus largas piernas sobre tacones ridículamente altos atraparon, sin él quererlo, su mirada.

–¿Estás bien?

–¿Te importa? –exclamó Helen, mostrando sus verdaderos sentimientos–. ¿Te preocupas de alguien aparte de ti? Olvídalo, es demasiado tarde como para que ahora pretendas tener remordimientos.

Milos abrió la boca, pero su reproche quedó ahogado al ver a Melissa trepando sobre los asientos del coche.

–Quiero salir y estás en medio.

Milos estaba demasiado perplejo por el modo en el que ella había tratado su vehículo como para hacer nada. Simplemente le dio la mano a Helen para ayudarla a salir del coche, y que así la niña pudiese abrir la puerta.

Pero había actuado sin pensar, y antes de que las puntas de sus dedos pudieran sentir el sedoso tacto de la piel de Helen o el pulso de su muñeca, ella había apartado el brazo, frotándose la mano como si la hubiera contaminado.

–¡No me toques! –le advirtió.

–¡Muchas gracias! –la voz de Melissa ahogó las palabras de su madre, y por una vez Milos agradeció el grito de la niña.

Les dieron habitaciones en la parte trasera de la casa con suelos de azulejos claros, altos techos, y muebles de madera oscura. Un balcón con sillas blancas y una mesa invitaban a su disfrute.

«Qué vista» pensó Helen, llevándose las manos a la nuca, aún sudorosas por la tensión que había sentido momentos antes al ver a la segunda esposa de su padre.

Era obvio que ella no quería tenerlas allí. Lo había dejado perfectamente claro, a pesar del trato casi empalagoso hacia Milos. Evidentemente él era persona grata en la villa. Pero ellas no, y Maya no había perdido el tiempo en demostrárselo.

Pero lo que de verdad conmocionó a Helen fue la noticia de que su padre estaba trabajando. ¡Trabajando! Cuando ella se lo había imaginado en una silla de ruedas o incluso peor. Esa era la impresión que le habían causado sus cartas. Que quería desesperadamente verla otra vez antes de que...

¿Antes de qué? Su padre le había hecho pensar que estaba gravemente enfermo, que no sabía cuánto tiempo le quedaba.

—¿Qué estás pensando? —le preguntó Helen a su hija, que estaba apoyada en la puerta de su dormitorio.

—¿Nos quedamos o simplemente le escupimos en la cara y nos vamos en el siguiente ferry?

—¡Melissa! —la reprendió Helen, pero sin apenas firmeza.

La chica solo estaba expresando cosas que ella misma ya había pensado. ¿Era de verdad una opción quedarse? Hacerlas ir allí con artimañas no auguraba nada bueno para la futura relación con su padre.

—No pareces muy entusiasmada —replicó Melissa—. Ni siquiera has comenzado a deshacer la maleta.

–¿Y tú lo has hecho? –Helen se giró para verla.

–Hey, unas cuantas camisetas y unos vaqueros no necesitan mucho esfuerzo. Abro la mochila, saco las cosas, las meto en un cajón y ya está.

–¡No me digas que solo has traído vaqueros y camisetas!

–Pues sí.

–Haz lo que te dé la gana –dijo, demasiado cansada para recordar lo optimista que había sido al emprender ese viaje. No era solo por su padre, reconoció. Era también por ella y por Melissa. Lo que fuera por apartar a su hija de las malas influencias que estaban haciendo la vida tan difícil en casa.

Anduvo hacia una cómoda donde una de las sirvientas había dejado una bandeja con café y limonada.

–¿Quieres beber algo?

–Supongo –Melissa cruzó la habitación arrastrando los pies–. ¿Qué pasa?

–¿Tienes que preguntar? –Helen sacudió la cabeza–. Veamos... Mi hija, mi querida hija, ha hecho todo lo que podía para humillarme; descubro que mi padre, al que no he visto en dieciséis años, me ha estado mintiendo; y su esposa ha dejado bien claro que no quiere que estemos aquí. ¿Sigo?

–¿Crees que me importa? –preguntó Melissa, encogiéndose de hombros.

–Oh, de acuerdo. Así que, ¿te quedarías?

–Claro. ¿Por qué no?

–Te acabo de decir que no somos bienvenidas aquí.

–¿Y qué?

–¿Como que y qué? A mí, a diferencia de ti, no me gustan los enfrentamientos.

–Supéralo, mamá –Melissa se sirvió un vaso de limonada antes de continuar–. En cualquier caso, pienso que fuiste bastante dura con Milos. Si no fuera por él, aún estaríamos bajo el sol abrasador. Maya no tenía ninguna prisa en invitarnos a entrar, ¿no es así?

–No necesito la ayuda de Milos Stephanides –dijo Helen con tensión, luchando por controlarse. La última cosa que necesitaba en ese momento era discutir con Melissa sobre Milos. Tenía los nervios de punta y fácilmente podría decir algo de lo que se arrepintiera.

Con la taza de café que se había servido, regresó a la ventana.

–¿Crees que Maya y él lo hacen? –preguntó de repente Melissa.

–¿Hacer qué? –exclamó, mirándola horrorizada, pero temía saber lo que la chica quería decir. Maya había sido exageradamente amable al verlo.

–Hey, ¿te tengo que hacer un dibujo? –Melissa hizo una mueca–. Sabes a lo que me refiero.

–No –Helen no se lo pondría fácil–. No lo sé.

–Bueno, no quiero decir que ella y tu antiguo novio...

–Estás diciendo que Milos... que Milos y Maya podrían estar...

–¿Montándoselo? –sugirió Melissa–. Sí, ¿por qué no? ¿No viste cómo se comportaba con él? ¡Qué descarada! Y él no está casado, eso dijo.

–Pues ella sí.

–¿Y tú qué crees?

–No –dijo Helen de forma tajante.

–¿Cómo? No me digas que piensas que tu madrastra no haría eso –Melissa sacudió la cabeza–. Sé realista, Helen. No sería la primera vez que rompe una relación.

–No me llames Helen.

–¿Cómo te llamo entonces? ¿Estúpida? –gimió Melissa–. Mamá, ese tío es un imán para las mujeres. El que Maya ya tenga un marido no quiere decir que no pueda tener una relación fuera del matrimonio.

–¡Melissa! –Helen casi se atragantó con el café–. Realmente me horrorizas.

–Bueno, no digas que no te avisé –dijo Melissa, encogiéndose de hombros.

–Estaba contenta de verlo, eso es todo –dijo Helen con voz entrecortada.

–¿Solo eso? –resopló Melissa–. En fin. Ese tipo está buenísimo. Incluso tú debes de haberte dado cuenta. ¿O has olvidado cómo es...?

–Ya está bien –Helen no podía oír más. Respiró hondo y cambió de tema–. ¿Es bonita tu habitación?

–¿Bonita? –Melissa terminó la limonada y la puso en la bandeja–. Estás decidida a no tratarme como una adulta, ¿no es cierto?

–Porque no eres una adulta, Melissa. Tienes trece años, no veintitrés.

–Pronto cumpliré catorce. ¿Por qué no puedes recordar eso?

–Oh, recuerdo perfectamente cuántos años tienes –dijo Helen con ternura–. ¿Así que piensas que deberíamos quedarnos?

–¿Pueden votar los niños?

–Por supuesto que puedes –suspiró Helen–. Pensé que querrías ver a tu abuelo.

–¡Como si necesitase otro viejo en mi vida!

–¿Qué estás diciendo?

–Estamos aquí ¿no es cierto? Este lugar no está mal. Y si estamos aquí, Maya se subirá por las paredes.

–¡Eres imposible! –dijo Helen, sin poder evitar la sonrisa que se esbozó en sus labios.

–Pero me quieres de todas maneras –dijo Melissa, esquivando el codazo juguetón de su madre. Entonces, cuando el sonido de un coche alcanzó sus oídos, dijo–: Hey, ¿es ese quien pienso que es?

A Helen se le encogió el estómago. No tenía ninguna duda de que ese coche pertenecía a su padre. Alguien, probablemente Maya, lo habría informado de su llegada y evidentemente habría dejado lo que estaba haciendo para volver a casa.

Inmediatamente la perspectiva de deshacer las maletas y hacer lo que Melissa había sugerido y quedarse allí perdió su atractivo. ¡Cielos! ¿Qué le iba a decir? ¿Cuántas mentiras más pensaba contarle su padre? ¿Qué explicación podría darle su padre por haber insinuado que le quedaba poco de tiempo de vida?

Melissa, que había salido al balcón para intentar ver el coche, volvió con cara de desencanto.

—No se puede ver al conductor desde aquí —dijo—. ¿Crees que es él?

—Si te refieres a si pienso que es tu abuelo, entonces sí, creo que sí —respondió Helen—. ¿No tienes algo más adecuado para ponerte? ¿Pantalones cortos, por ejemplo?

—Sí, claro. ¡Como si fuera a vestirme como una cursi! —protestó Melissa, disgustada— No pagues conmigo tu mal genio. No es culpa mía.

—¡Simplemente desearía que no fueras siempre de negro!

—Es una cuestión de moda —dijo Melissa despreocupadamente, yendo hacia la puerta—. De todos modos, voy a ver qué está pasando abajo. No quiero que esa malvada bruja nos fastidie.

—Quédate donde estás —Helen se movió rápidamente para detenerla—. No vas a salir de esta habitación sola —respiró hondo—. Y vigila tu lenguaje con respecto a la esposa de tu abuelo. Deja de ser una triste copia de tu abuela.

—No sé por qué la defiendes —refunfuñó ruborizada Melissa—. Te arruinó la vida, ¿no es cierto?

—Puede ser —Helen no estaba preparada para discutir sobre este tema—. Dame un minuto para arreglarme, e iremos juntas a hacerle frente —dijo, dándose por vencida.

—En realidad no te gusta esto, ¿eh? —inquirió Melissa, frunciendo el entrecejo.

—No, en realidad no.

—¿Porque tu padre te engañó?

—Porque me mintió, sí —Helen no tenía fuerzas para seguir con eso. Agarró su bolso y lo revolvió buscando un cepillo—. ¿Estoy bien?

Melissa la miró a regañadientes de arriba abajo.

–Para una mujer mayor no está mal –concedió–. De todas formas, Milos cree que eres guapa.

–Oh, vámonos –dijo Helen un poco ruborizada.

Capítulo 3

ANTES de que Helen pudiera alcanzar el picaporte de la puerta, alguien llamó desde el exterior, sobresaltándola.

–¿Quién es? –preguntó Helen en voz baja, pero Melissa tomó la iniciativa y abrió la puerta.

Era su padre. Alto y delgado, demacrado y con cabello canoso.

–Helen –dijo, sin intentar entrar en el dormitorio–. Vaya, debería haber ido personalmente a recogeros en lugar de haber enviado a Milos. ¡He esperado tanto este momento! ¿Me puedes perdonar por haber tenido miedo de estropearlo todo?

Helen se mantuvo inmóvil. Ahora que él estaba allí, delante de ella, todos los años transcurridos sin verse parecían tiempo malgastado.

–Bueno, di algo –le pidió Sam, y Helen comprendió entonces que su padre había confundido su silencio por una actitud de desconfianza.

Melissa, al sentirse impaciente ante la actitud de Sam y Helen, se acercó a ellos.

–Hola –dijo–. Soy Melissa Shaw, tu nieta –tras lo cual hizo una pausa y, dirigiendo la mirada a Helen, prosiguió–. No hagas caso a mamá. Lo está pasando muy mal intentando recordar quién eres.

–Eso no es verdad –replicó con brusquedad Helen.

–No le echaría la culpa si lo hiciera –dijo bruscamente Sam Campbell, sin dejarla terminar–. Bien sabe Dios que no estoy orgulloso del modo en que me comporté

–tomó aliento–. Es tan agradable verte otra vez... veros a
las dos. Todos estos años he sido un tonto al haber permitido a Sheila dirigirlo todo.

–No fue solo culpa tuya –titubeó Helen–. Fui demasiado testaruda, supongo. No estaba preparada para escu-
charte.

–¿Y ahora lo estás?

–Soy... mayor –contestó indirectamente, haciendo un
gesto de impotencia. Como no podía ignorar las razones
que la habían llevado allí, tuvo que añadir–: Cuando dijiste que estabas enfermo...

–Eso no es verdad –dijo Sam, sonrojándose.

–Ahora lo sé.

–¿Acaso te lo dijo Milos?

–No, Maya –Helen vio cómo su padre enmudecía al
conocer la noticia–. No creo que nos quiera aquí.

–Ella no os invitó –dijo Sam sacudiendo la cabeza,
mostrando su impaciencia–. Esta es mi casa, no la suya
–añadió–. Tengo que preguntarte una cosa: ¿Te importa
que te haya engañado?

–Por supuesto que me importa. Pero no sé cómo
me siento –vio cómo Melissa la observaba y continuó
con cuidado–. Deberíamos tomarnos las cosas con calma.

–¿Habrías venido si no hubiera fingido estar enfermo? –le recriminó él con vehemencia, ante lo cual Helen
tuvo que admitir que probablemente la respuesta hubiera
sido que no–. Ahora sabes por qué lo hice.

–Supongo que sí –contestó ella.

–Mira –dijo Sam respirando profundamente–, estoy
seguro de que estáis cansadas. ¿Queréis descansar?
–frunciendo el ceño, añadió–. ¿Habéis comido algo?

–Hemos tomado café.

–¿Pero nada para comer? –asintió con la cabeza y
miró su reloj–. De acuerdo. Son casi las diez y media.
¿Por qué no le digo a Sofía que os traiga unas pastas y
café recién hecho?

–Eso suena bien –dijo Helen, mirando a Melissa–. ¿Qué piensas tú?

–Bueno, yo no quiero descansar –dijo Melissa con su habitual terquedad. Miró a su abuelo y le preguntó–: ¿No puedo ir contigo?

–¡Melissa! –exclamó Helen, tratando de oponerse a ese plan de su hija.

–¿Por qué no? –preguntó él–. Si a tu madre no le importa –añadió con una sonrisa.

En ese momento, a Helen no se le ocurrió ninguna razón por la que Melissa no pudiera ir con él.

–Um... no –murmuró. Otro pensamiento acudió a su mente–. ¿Está Milos aún por aquí?

–No, se ha ido –respondió él, y se dirigió a su nieta con un tono más alegre–. De acuerdo Melissa. Te acompañaré en la visita, ¿de acuerdo? Y te presentaré a Álex.

–¿Álex? –exclamaron al unísono Helen y Melissa.

–Alex, Alex Campbell –respondió Sam con indiferencia–. El hijo de Maya.

Melissa volvió antes del almuerzo, presumiendo de las cosas que había visto.

–¡Vaya sitio es este, mamá! –exclamó, tirándose en la cama de Helen sin el menor cuidado por la colcha de seda que la cubría–. ¿Sabías que aquí hacen vino y también cultivan uvas?

Helen lo ignoraba, pero se alegró de que Melissa se lo contase. Se había pasado toda la mañana deshaciendo el equipaje de ambas y había tomado una ducha que la había animado bastante.

–Me ha llevado a la bodega –continuó su hija–. Y me dejó probar el vino que hicieron el año pasado.

–¿De veras? –Helen tuvo que contenerse para no reprocharle que beber vino a su edad, y a esa hora de la mañana, no era muy sensato–. ¿Cómo estaba?

–¿El vino? Bien, supongo –respondió Melissa, sin darle mayor importancia–. No creo que vaya a convertirme en una alcohólica.

–Eso es un alivio –dijo Helen, respirando más tranquila.

–¿Por qué? ¿Tienes miedo de que siga el ejemplo de Richard?

–No.

–Bien –Melissa miró a su madre como si quisiera decirle algo más, pero se lo pensó mejor–. De todos modos, Sam me trata como si mi opinión contase, y eso me gusta.

«Apuesto a que sí», pensó Helen, pero se lo calló.

–¿Te dijo que lo llamases Sam?

–No –respondió Melissa–. Pero no puedo llamarlo abuelo, ¿no?

–Supongo que no –reconoció Helen–. ¿Así que conociste a Álex?

–Sí, claro. Pero para empezar, desayuné algo. Sam iba a enseñarme la casa, pero Maya se quejó de que estábamos por medio, así que nos subimos al jeep y nos fuimos a la bodega.

–Entiendo.

–Entonces fue cuando conocí a Álex. Es guay.

–¿Te gustó?

–¿Y por qué no? Al menos es amable.

–¿Habla inglés?

–Sí.

–¿Cuántos años tiene?

–Es mayor que yo.

–¡Melissa!

–Oh, de acuerdo –Melissa se despeinó el pelo–. No es tu hermano, si es eso lo que te preocupa. Tiene veintiséis años. Maya fue como tú. Solo tenía diecisiete años cuando tuvo a Álex.

* * * * *

Dos días más tarde, Milos decidió averiguar cómo estaban las invitadas de Sam.

Sabía que era algo que no le concernía, pero no obstante algo le atrajo al viñedo. Cuando las recogió del ferry, le resultó fácil convencerse a sí mismo de que tenía que hacerlo, ya que se sentía responsable de su bienestar. Pero la verdad era que Helen y su hija, tan distinta a ella, le intrigaban. Quería saber más sobre ellas. Quería saber más sobre ella.

Sam estaba desayunando en la terraza cuando Milos llegó.

—Milos... Qué placer tan inesperado. ¿Quieres tomar algo?

—Solo café –dijo Milos, dándole la mano e instándole a volver a sentarse–. Estaba... de paso, y pensé que podría informarme de cómo están pasando las vacaciones tu hija y tu nieta.

—Oh... –Sam torció el gesto–. Bueno, creo que Helen se alegra de poder descansar. Lo ha pasado bastante mal desde que su marido murió. Si me preguntas, Richard parece haber sido un derrochador. ¿Por qué si no habría tenido Helen que abandonar su propio hogar y mudarse con su madre, a menos que no tuviera dinero?

Milos no estaba seguro de querer oír eso. Hablar del hombre que había vivido con Helen todos esos años despertó en su interior una mezcla de emociones. No era que estuviera celoso, se dijo. ¿Cómo podría estar celoso de un muerto? Pero el hecho era que tampoco le gustaba el nombre de Richard. ¿Era él la razón por la que Melissa era tan rebelde?

Maya salió de la casa en ese momento y ambos hombres se levantaron. Era una atractiva mujer morena de poco más de cuarenta años, de mediana estatura pero bien proporcionada. Solía llevar faldas largas que disimulaban su figura, pero la blusa que había elegido ese día tenía un gran escote. Era una prima lejana de la madre de Milos, y ella nunca perdía la ocasión de recordarle que eran parientes.

–Creí oír voces –exclamó, acercándose para besar a Milos. Hablaba en su lengua materna, que prefería al inglés–. No sabía que estuvieras aquí, Milos –y continuó con reprobación–. Sam, ¿no le has ofrecido a nuestro invitado nada para beber?

–Lo he hecho, y solo quiere café –replicó Sam, acomodándose en su silla–. ¿Podrías pedirle a Sofía que traiga café, Maya? Este está frío.

–Solo tienes que llamarla y vendrá, Samuel –respondió Maya con impaciencia–. No tiene mucho que hacer, bien lo sabe Dios –se volvió hacia Milos y de forma juguetona le dio unas palmaditas en el brazo–. Es tan agradable volverte a ver. No nos visitas ni la mitad de lo que deberías.

Milos trató de improvisar una disculpa, pero estaba empezando a pensar que se había equivocado al ir allí. Dudó que Maya fuera a aprobar sus razones. Ella había expresado con toda claridad sus sentimientos la mañana en la que Helen y su hija llegaron. Y la misma Helen no parecía muy contenta de verle. Milos recordó la tensión que había existido entre ellos cuando vinieron desde el puerto.

–Ha venido para ver a Helen –replicó Sam–. ¿Dónde está ella, Maya? No la he visto esta mañana.

–Eso es porque no se levanta tan temprano como nosotros –expresó Maya secamente. Se giró y le sonrió a Milos otra vez–. ¿Te quedarás para almorzar?

–Oh, yo no... –empezó a decir Milos cuando Helen apareció.

–Bueno, aquí llega ella –exclamó Sam. Se puso de pie y fue al encuentro de su hija con evidente entusiasmo–. Pensábamos que aún no os habíais levantado –le dijo en inglés.

–¿Ah, sí? –preguntó ella con una sonrisa, mirando a Milos y Maya.

–*Kalimera* –logró improvisar Milos–. ¿Cómo estás?

–Estoy bien, gracias –dijo Helen tomando aliento. Su esbelta mano, con la que se estaba tocando la trenza, revelaba un nerviosismo que intentaba ocultar.

Pero Milos se dio cuenta. También se percató de que vestida con un top y pantalones cortos parecía más joven. Su piel ya tenía un tono sonrosado por el sol, y aunque suponía que el color encendido de sus mejillas se debía más a su estado de ánimo que al clima, le sentaba bien.

–*Kala* –dijo él–. Bien.

–Milos se preguntaba cómo estabais.

–¿De verdad? –dijo Helen como si no le creyese.

–A veces los griegos son demasiado considerados para su propio bien –recalcó Maya intencionadamente.

–¿Lo crees así? –acentuó Helen con indiferencia, mirando detenidamente a su madrastra.

–¿Que si lo creo así? –dijo Maya de forma cortante, y aunque Milos había comprendido la actitud de Helen, sus palabras lo habían herido. Por Dios, habían sido amantes, y ella estaba actuando como si fueran extraños.

–¿Has dado un paseo? –preguntó Sam, impidiendo que la hostilidad entre las dos mujeres lo desalentase.

–Estaba en el jardín –respondió Helen–. Hay tantas flores exóticas. Melissa me las estaba enseñando.

–¿Está Melissa contigo? –Sam miró por donde ella había venido– ¿Dónde está?

–Metiendo la nariz donde no debe, supongo –murmuró Maya de forma apenas audible, pero los oídos de Helen eran agudos.

–Creo que todos hemos hecho algo parecido alguna vez, ¿no creéis? –dijo Helen, antes de girarse otra vez hacia su padre–. Ahora vendrá. Ha descubierto una camada de gatitos detrás de un tonel de agua y está absolutamente extasiada.

–¡Ugh! –se estremeció Maya– Bueno, espero que no intente meter ninguno en la casa.

–No lo hará –dijo impacientemente Sam, pero miró a su hija para confirmarlo.

–Espero que no –corroboró ella, sin poder evitar contraer los labios ante lo divertido de la idea.

Milos observó que su labio inferior era más grueso que el superior, y sintió una urgencia de pasar su pulgar por su contorno. Relajada, como estaba entonces, la boca era increíblemente suave y sexy, y recordó sus besos...

–Creo que debería irme –dijo bruscamente, y tanto Sam como Maya mostraron su sorpresa.

–Pero no has tomado café –protestó inmediatamente Sam, mientras iba a la puerta de la casa–. Café para los invitados, Sofía –ordenó cuando esta apareció, y Milos tuvo que aceptar que no podría irse.

–Mira, tengo que volver a la bodega un momento –continuó Sam–, pero Helen se encargará de ti, ¿a que sí, cariño?

Y sin darle ocasión de replicar, añadió:

–Ven, Maya, tengo que discutir algo contigo.

En cuestión de minutos estaban solos, pero Helen no hizo ningún intento por sentarse.

Un silencio cargado de emoción los envolvió hasta que Sofía apareció de nuevo con el café.

Dejó la bandeja encima de la mesa y se fue. Milos decidió que ya había sido suficientemente ignorado.

–¿Quieres café? –preguntó, y Helen le echó una mirada indiferente por encima del hombro.

–No, gracias.

–Como quieras –dijo Milos–. Nos dará más tiempo para conocernos de nuevo.

–No lo creo –dijo Helen con una expresión nada alentadora–. ¿Por qué no te subes en tu coche tan caro y te vas? No se lo diré a mi padre si no lo haces tú.

–¿Por qué debería irme? A tu padre le gustaría que fuéramos amigos.

–Mi padre no te conoce como yo –espetó Helen.

–Tienes razón –dijo Milos–. No suelo acostarme con personas de mi mismo sexo.

–Me sorprendes. Por lo que he leído, los hombres como tú están más que dispuestos a probarlo todo... ¡Ouch!

No tuvo la oportunidad de terminar lo que estaba diciendo. Milos la agarró del brazo y sin ningún miramiento tiró de ella hacia él, disfrutando de la breve sensación de poder que le daba ese gesto.

–¿Qué te pasa? –preguntó mientras su voz se hacía más grave por la ira–. Ambos sabemos que lo que ocurrió entre nosotros no fue exactamente inesperado. ¿Y después de todo qué fue? Tuvimos sexo. Muy bueno, recuerdo. Pero, ¿y qué? Es lo que los hombres y las mujeres hacen cuando se sienten atraídos.

–Mujeres de tu círculo –replicó Helen–. Yo no soy como tú.

–Oh, sí que lo eres –dijo él–. Da igual como fuera ese... joven con el que te casaste; cuando estuvimos juntos no te importaba quién era yo.

–Eso fue así porque no sabía quién eras. Y no hables de Richard. Él... era un hombre decente.

–Eso no es lo que dice tu hija –se burló Milos–. Según tengo entendido, tenía defectos. ¿Por qué te casaste con él, Helen? ¿De verdad lo querías? ¿O simplemente fue para impedir que tu madre descubriese en qué tipo de criatura promiscua te habías convertido?

–¡Canalla!

Helen quiso abofetearlo. Durante un instante lo miró fijamente, y aunque la hostilidad entre ellos era palpable, existían otras emociones menos identificables. Trató de librarse con un movimiento brusco, pero no lo consiguió.

–¿De verdad crees que podríamos permanecer indiferentes el uno al otro? –murmuró Milos, consciente del violento deseo por besarla, y acercando los temblorosos muslos de Helen a los suyos.

–Hey, ¿qué está pasando aquí?

–Melissa –dijo. Se sorprendió, dadas las circunstancias, de lo controlado que había sonado–. Hum... tu madre tenía algo en el ojo. Estaba intentando quitárselo.

Capítulo 4

AL final persuadieron a Milos para que se quedase a comer.

Helen habría deseado que se fuera, para así poder ordenar el caos que reinaba en sus sentimientos. Pero al haber apoyado Melissa la nueva invitación de Maya, Milos accedió finalmente. Helen no se atrevió a preguntarse el porqué. Él era un demonio, pensó, contemplando su rostro ruborizado en el espejo del cuarto de baño. Ella se había refugiado en su habitación, dejando a Melissa y Maya entreteniendo al visitante y anhelando evitar otro altercado con él.

Pero sabía que tarde o temprano tendría que bajar otra vez y comportarse como si nada hubiera ocurrido. Dejar a Melissa con él había supuesto un riesgo.¿Quién sabía lo que su hija contestaría si le preguntaran cuestiones personales sobre el hombre que ella suponía que era su padre? Después de los comentarios del coche, era obvio que le guardaba muy poco respeto a Richard. Sin embargo, lo que más le preocupaba a Helen era su desagradable respuesta hacia Milos. Nunca hubiera imaginado que él se hubiera comportado como lo hizo, o que lo que había comenzado como una pueril provocación degenerara, de forma tan rápida, en un asalto a sus sentidos. Ella había percibido que él había querido besarla, y lo peor de todo era que ella también lo había deseado...

El almuerzo no supuso el sufrimiento que Helen había temido. Su padre se les unió y Melissa resultaba más fácil de dominar cuando él estaba presente. Aunque él no

la había persuadido para que se cambiara los vaqueros
por unos pantalones cortos de su madre. Pero Helen se
había dado cuenta de que su hija ya no se pintaba exageradamente con la barra de labios cada vez que salían de
los dormitorios. También la alivió comprobar que Maya
se había preocupado de que Milos se sentara entre ella y
Sam, lo que impedía que se entablara cualquier tipo de
conversación privada entre ellos. Sin embargo, se dio
cuenta de que Milos no dejó de mirarla durante el almuerzo.

–¿Has venido en tu coche? –le preguntó Melissa a
Milos–. ¿Qué velocidad alcanza?

–¿En esta isla? –preguntó él–. No mucha –sus ojos
parpadearon ante la expresión angustiada de Helen–.
¿Por qué no le preguntas a tu madre si te deja dar una
vuelta conmigo y te lo enseño?

–Yo no... –interrumpió Helen, a quien no le gustó que
la pusiera de nuevo en un aprieto–. Yo... nosotras no deberíamos molestarte con eso.

–No es ningún problema –le aseguró Milos amablemente.

–Ya lo has oído, mamá. Al menos hay alguien que se
preocupa de que tenga diversión –dijo Melissa.

–¡Oh, Melissa! –exclamó Sam–. Yo pensaba que estabas contenta aquí, pero me equivocaba...

–Oh... no –protestó Melissa, enrojeciendo. Helen se
dio cuenta con asombro de que su hija quería de verdad
agradar a su abuelo–. Quiero decir que ir en un jeep está
bien, pero no es un Mercedes.

–Bien, eso me pone en mi sitio, ¿no es verdad? –dijo
su abuelo, torciendo el gesto.

–No –replicó Melissa, que no había entendido la broma de su abuelo–. Pero Milos se ha ofrecido.

–El señor Stephanides –corrigió Helen secamente.

–Con Milos basta –replicó el aludido, negando con la
cabeza–. ¿Qué opinas tú, Sam? ¿Y tú... Helen?

–No puedes estar pensando seriamente en que sabrás

entretener a una chica, ¿no, Milos? –exclamó súbitamente Maya–. Sam, ¿no crees que tengo razón?.

–Supongo que eso es cosa de Milos –opinó tímidamente Sam–. Y tú Helen ¿Qué opinas?

¿Cómo iba ella a poder objetar algo? Difícilmente podía justificar que no quería que Milos se acercara a su hija. Todos pensaban que su reserva se debía a cuestiones de cortesía, cuando en realidad lo que temía era que Milos descubriese quién era Melissa.

–Yo... bueno...

–Está decidido entonces –dijo Melissa en tono triunfal–. ¿Podemos ir hoy? –le preguntó a Milos.

–No veo por qué no –contestó Milos–. Me pregunto si querrías ir a Vassilios. Es donde vivo. Allí tengo una piscina. Y caballos. Y probablemente conocerás a mi hermana, Rhea. Vive en casa de mis padres, pero pasa más tiempo en Vassilios por la piscina. No es mucho mayor que tú.

–¿Qué edad tiene? –preguntó Melissa.

Helen sintió que iba a desmayarse.

–Dieciocho años, creo –dijo Milos con indiferencia, ignorando la tensión que embargaba a Helen–. Tu madre es bienvenida si quiere unirse a nosotros.

–En realidad, esperaba que Helen pasase la tarde conmigo –dijo su padre en tono afectuoso–. No hemos pasado mucho tiempo juntos desde que llegó, y me gustaría enseñarle mi bodega.

En un mundo ideal, a Helen le hubiera encantado pasar algún tiempo con Sam. Pero en la realidad, su conformidad fue más forzada que entusiasta. Melissa, por el contrario, se fue encantada con Milos.

–Lo pasará bien –le dijo Sam a su hija, después de que el Mercedes se hubiera ido.

–No sabe la suerte que tiene –corroboró Maya con su cortante habitual–. Milos es un hombre muy ocupado.

–Creo que a Milos le gusta Melissa –observó su marido, compartiendo una triste sonrisa con su hija–. ¿Por qué no? A pesar de cómo viste, es todo un personaje. Y seguro que lamenta no haber tenido hijos.

–¿No han tenido hijos su esposa y él? –preguntó Helen, incapaz de controlarse.

–¿Eleni? –preguntó Maya despectivamente–. Esa mujer no arriesgaría su tipo por tener hijos, y Milos no se habría casado con ella si no hubiera sido por su padre.

–¿Entonces... no fue un matrimonio por amor? –se aventuró Helen, consciente de que estaba alimentando las sospechas de Maya al mostrar tanto interés por los asuntos personales de Milos.

–¿Un matrimonio por amor? –repitió Maya–. ¡Qué ingenua eres, Helen! Aristotle, el padre de Milos, quería una alianza comercial con Andreas Costas. Casar a su hijo con Eleni Costas era el impulso que necesitaba.

Helen asimiló todo en silencio, y Sam, viendo la oportunidad, la tomó del brazo.

–Ven conmigo, Helen –dijo–. A menos que pienses que haga demasiado calor para ti. Me temo que el jeep no tiene aire acondicionado –añadió–, así que iremos con las ventanas abiertas.

Primero fueron a la planta de producción de la bodega, donde Sam la presentó a algunas personas que trabajaban allí. También le mostró cómo había utilizado dos cuevas, una de las particularidades naturales de la isla, para almacenar el vino.

–Esta explotación es aún relativamente pequeña –dijo Sam–. La mayoría de las empresas vinícolas de las islas solo embotellan vino para consumo local. Nosotros hacemos eso, por supuesto, pero actualmente estamos negociando con una cadena de supermercados. Eso nos permitirá establecernos en el continente. Y si tenemos éxito, significaría un gran avance para nuestro negocio.

–A ti te encanta este negocio, ¿no es verdad? –preguntó Helen, mirándolo.

–¿Ser mi propio jefe? –contestó Sam–. ¿Y a quién no? Pero lo mejor de todo es saber que es mi logro personal. El padre de Maya era alcohólico, y cuando vinimos aquí, todo estaba en ruinas.

–Así que... ¿El casarte con Maya no fue cuestión de dinero? –sugirió cautelosamente Helen.

–¿Es eso lo que te dijo tu madre? –le preguntó su padre con una mirada de resignación.

–Algo así –dijo Helen, encogiéndose de hombros.

–Pues bien, no es verdad. Cuando nos conocimos, Maya estaba arruinada, y este lugar estaba endeudado hasta el cuello. No sé lo que te ha contado, pero Sheila y yo ya teníamos problemas mucho antes de que Maya entrase en escena. ¡De acuerdo! Quizás no debería haber abandonado a mi familia, pero Dios lo sabe, Helen, nunca tuve la intención de perder el contacto contigo.

Helen no dijo nada, pero había demasiada emoción en la voz de su padre como para no creerle. Divorcio era una palabra muy fea, y a menudo generaba odio entre los cónyuges. Ella quería creerle. Quería también que él comprendiese lo traicionada que se había sentido. Quizás con el tiempo pudieran llegar a comprenderse. Al menos haber ido allí significaba un comienzo.

Cuando dejaron la planta de embotellamiento se encontraron con Alex. Helen había conocido al hijo de Maya la noche anterior, cuando cenó con la familia, y le habían impactado las diferencias que existían entre su madre y él. Mientras Maya se mostraba resentida hacia ellas por haber ido allí, Alex era abierto y simpático. A Helen le había gustado desde el principio.

–¿Ha sido la visita interesante? –observó Alex, intercambiando una alegre mirada con su padre–. ¿Está intentando persuadirte de que cultivar uvas es una ocupación provechosa?

–Tanto tú como yo sabemos que puede ser la ocupación más frustrante del mundo –replicó Sam con ternura. Se volvió a su hija–. Alex está refunfuñando porque lo recluté tan pronto como dejó la universidad. En los últimos años se ha convertido en mi mano derecha. No sé lo que habría hecho sin él.

—Te las hubieras arreglado —dijo Alex secamente, pero Helen percibió que había un verdadero entendimiento entre los dos hombres. Pensó que era el hijo que su padre nunca tuvo, y se preguntó si esa había sido una de las razones de la ruptura entre sus padres. No cabía la menor duda de que Sheila no había querido tener más hijos. Helen le había oído decirlo muchas veces.

Continuaron, visitando brevemente la bodega donde las uvas se exprimían, antes de entrar en la oficina de Sam donde se llevaban los negocios. Un joven empleado les llevó una botella de vino y dos vasos, y Helen agradeció poder sentarse un momento. El calor era muy intenso. Entonces hablaron un rato sobre la crianza y las diferentes cualidades de las uvas.

—No sabes lo contento que estoy de verte aquí, Helen. ¿Podrás perdonarme alguna vez por la manera en que lo logré? —preguntó de repente Sam.

Helen examinó el vino que había en su copa y miró a su padre con ojos tristes.

—Los dos hemos tenido la culpa —dijo—. Yo, por no estar preparada para oír tus motivos. Y tú por renunciar a mí demasiado pronto.

—Envié a Milos para que fuera a verte —protestó su padre, y Helen pensó lo desafortunado que había resultado eso. Esa acción había cambiado su vida para siempre y destruido cualquier esperanza de reconciliación.

—De cualquier modo, todo eso pertenece al pasado —dijo ella, no queriendo recordar la asustadiza chica que había sido. Quedarse embarazada a los diecisiete años había sido suficientemente duro como para que además su madre le amenazase con echarla si se negaba a casarse con el padre del bebé...

—Pero yo quiero saber cosas del pasado —insistió su padre—. Quiero conocer cosas sobre el hombre con el que te casaste: Richard Shaw. ¿No creía tu madre que eras demasiado joven para tomar una decisión que te cambiaría la vida?

–Realmente no –respondió ella con una mueca.

–¿Así que estaba a favor?

–No puso objeciones. Y cuando Melissa nació...

–Por supuesto, Melissa –su padre sonrió–. Creo que ahora comprendo. Ibas a tener un bebé y la decisión se tomó por ti. ¿Nunca te ha contado tu madre que así fue como acabamos juntos?

–¡No! –respondió Helen, sorprendida. Pero eso explicaba mucho. Como mínimo, el esfuerzo que su madre y padre habían tenido que hacer para que el matrimonio funcionara.

–¿Fuisteis felices? –le preguntó él.

–Melissa... no es hija de Richard –dijo ella. Su padre merecía conocer al menos una parte de la verdad–. Él lo sabía, pero quería casarse conmigo igualmente.

–¿Y por qué no? –le defendió cariñosamente Sam, y Helen pensó lo diferente que podría haber sido su vida si le hubiera tenido allí para apoyarla–. Eres una mujer hermosa, cariño. Cualquier hombre estaría orgulloso de tenerte como esposa.

–¿Lo crees así?

–No has respondido a mi pregunta –le recordó–. ¿Fuisteis felices juntos?

–Al principio –replicó Helen–. Bueno, Richard parecía feliz. Cuando Melissa era un bebé, estuvo bien. Cuando creció y se hizo más... rebelde pasó casi de la noche a la mañana de ser nuestra hija a ser mi hija.

–Oh, cariño. Si lo hubiera sabido –dijo su padre apenado, apretando la mano que estaba en su regazo–. Cuéntame cosas sobre él. ¿A qué se dedicaba?

–Oh, hacía un poco de todo –Helen no quería contarle a su padre que Richard nunca había tenido un trabajo estable. Esa fue la razón por la que ella había tenido que mantener a la familia. Y Richard estaba resentido con su esposa por ello–. Estaba trabajando en una empresa de mensajería cuando murió.

–¿De mensajería? –Sam frunció el ceño– No es exactamente el trabajo más adecuado para alguien que pasa la mayor parte de la tarde en un pub, según he oído.

–¿Cómo has...? Quiero decir....

–Melissa me lo contó –admitió Sam con tristeza–. Oh, créeme, no le pregunté. Simplemente lo soltó.

–Seguro que lo hizo –murmuró Helen, nada contenta–. Lo siento si te puso en un aprieto.

–No me puso en un aprieto. Pero me doy cuenta de que ella es un problema para ti.

–Y para los demás –Helen tomó otro trago de vino–. Mmm, está bueno.

–¿Te sorprende? –Sam fingió estar ofendido. Entonces frunció el ceño de nuevo y añadió–: ¿Así que Melissa sabe que Richard no era su padre?

–¡Por Dios, no! –Helen fue tajante–. Richard insistió en ello. En que nunca nadie, incluida mi madre, sospechase que ella no era su hija.

–Entiendo –respondió Sam, pensativo–. ¿Sabía él quién era el padre?

–No –la respuesta de Helen fue cortante–. No me has preguntado si yo sabía quién era.

–Claro que lo sabías –Sam miró a su hija con enfado–. ¿Quién ha sugerido lo contrario?

Helen sacudió la cabeza, pero su padre había atado los cabos.

–Él lo hizo –exclamó severamente–. Oh, Helen. ¿Por qué no me escribiste para contármelo?

Una fugaz imagen de lo que podría haber sucedido si lo hubiera hecho cruzó su mente. Pero nunca había sido una opción. Pensaba que Milos estaba casado, y haber volado a Santoros para decírselo a un hombre casado no habría estado bien. Era demasiado joven, tenía demasiado miedo, y había sido demasiado orgullosa como para pedir ayuda.

Capítulo 5

MILOS llevó a Melissa al viñedo avanzada la tarde. Con los dedos sudorosos, agarraba el volante en un fútil intento por controlar sus emociones. ¡Estaba perplejo por lo que acababa de descubrir!

Su primera idea había sido pasar solo un rato en Vassilios. A pesar de su buena voluntad por entretener a la niña, no había esperado que Melissa y su hermana fueran a hacer tan buenas migas.

Como anticipó, Rhea había estado esperándolo cuando llegaron a la casa y, aunque tenía cinco años más que Melissa, se mostró encantada de conocerla.

Rhea persuadió a su hermano para permitir a la niña quedarse más tiempo para bañarse, y al principio a Milos le agradó el complacerla. Después de todo, tenía que estudiar la presentación de una conferencia en Atenas, y oír los chillidos y las risas procedentes de la piscina había sido bastante agradable.

Cuando Rhea fue a preguntarle si Melissa podría quedarse para cenar, fue cuando las cosas cambiaron.

–Queremos practicar el maquillaje de ojos –suplicó–. Sabes que se me da mal y Melissa dice que ella sabe. Probablemente su madre no le impide leer revistas de mujeres como mamá hace conmigo.

–¿Te refieres a esa basura de revistas? –se mofó secamente Milos–. Vamos, Rhea, Melissa tiene.. ¿Doce? ¿Trece años? Actúa como si fuera mayor, pero ¿me estás diciendo realmente...?

–En realidad tiene casi catorce –interrumpió Rhea–.

Su cumpleaños es el mes que viene, como el mío. Ambas somos Géminis.

Milos se quedó de piedra. Una sensación de malestar invadió su estómago y las sienes comenzaron a palpitarle. No podía ser verdad, se dijo a sí mismo. Rhea debía de haberlo entendido mal. Melissa no podía tener casi catorce años. Si los tuviera...

–¿Estás bien? –preguntó Rhea, dándose cuenta de su repentina palidez.

–Yo... sí... no –no sabía cómo explicar su reacción, y le fue más fácil fingir un mareo momentáneo, que admitir lo enfermo que repentinamente se sentía–. Estoy un poco mareado, eso es todo.

–Has trabajado demasiado –dijo Rhea–. Hace demasiado calor. Te sentirás mejor tras la cena.

–Quizás –asintió Milos, deseando que simplemente se fuera y lo dejase solo–. Me pondré bien.

–¿Entonces puede quedarse a cenar Melissa? –insistió Rhea–. A mí me gustaría, y...

–¡No! –Milos sabía que tenía que negarse–. Lo siento Rhea, pero su madre espera que vuelva.

–Hay teléfonos –dijo Rhea de mala gana.

Si Milos no se hubiera sentido tan anonadado, podría haberse preguntado si la influencia de Melissa ya estaba surtiendo efecto.

–Otros quince minutos, y ya está –dijo–. Ya os habéis pasado más de una hora.

–No eres nada divertido, ¿lo sabes? –murmuró Rhea–. No sé lo que va a decir Melissa.

Pero esa era la menor de sus preocupaciones. Mientras Rhea se alejaba enfadada, se alegró de que ella no tuviera ni idea de la bomba que acababa de lanzar. ¿Realmente era posible? Melissa tenía que haber exagerado su edad igual que exageraba en todo lo demás.

Tan pronto como sintió que sus piernas podrían sostenerle, cruzó precipitadamente la habitación hacia las ventanas y observó a la chica que se divertía en la piscina.

Melissa había tomado prestado uno de los bañadores de Rhea, y Milos se dijo a sí mismo que el sofisticado bikini en colores crema y marrón era lo que le daba a su joven cuerpo esa apariencia de madurez. Tenía que ser eso, insistió, pero con una irremediable falta de convicción.

El problema era que en ese momento fue capaz de encontrar similitudes entre las dos chicas, parecidos que hasta ese momento habían sido deformados, no por su ignorancia, sino por el uso de maquillaje por parte de Melissa y por las horribles ropas que llevaba.

Una oleada oscura de furia lo embargó, provocada por su ceguera y por la total falta de sinceridad de Helen. ¿Por qué no se lo había dicho? Si era el padre biológico de Melissa, tenía derecho a saberlo.

Pero entonces recordó algo que le dijo justo después de abandonar el ferry. Le había preguntado por su esposa. ¿Cómo sabía que había tenido una esposa? Él no se lo había dicho, y dudaba que se mencionase ese dato en las cartas de Sam a Helen. ¿Y por qué la persona que le había transmitido esa información no le había dicho también que se había divorciado? Estaba desconcertado.

Suspiró y sintió cómo lo miraba Melissa. Estaba sentada a su lado, en la parte delantera del Mercedes.

–¿He hecho algo malo? –le preguntó ella.

–Por supuesto que no –respondió Milos, mirándola y experimentando otra conmoción al reconocer que ella tenía sus ojos. Y su nariz–. ¿Te has divertido?

–Me he quedado más tiempo del que debía, ¿no? –dijo ella–. Hey, echa la culpa a tu hermana, no a mí.

–¿He dicho yo que te has quedado más tiempo del que debías? –replicó secamente, aplacando las ganas de decirle que no le hablase de ese modo–. Simplemente espero que tu madre no se preocupe por ti.

«A pesar de que lo hará», pensó. De repente comprendió por qué se había opuesto Helen a que él y Melis-

sa pasasen tiempo juntos. Había temido que le preguntase la edad a la chica.

–Siempre se está preocupando por mí –dijo Melissa,
levantado un pie para apoyarlo en el asiento.

–¿Y tiene alguna razón para ello? –se aventuró a preguntar Milos.

–Ella piensa que sí –respondió ella con una mueca.

–¿Por qué?

–No lo quieres saber.

–Pues sí –Milos estaba asombrado por cuánto quería
saberlo–. ¿No aprueba ella tu modo de vestir?

–¿Te dijo ella eso?

–No.

–¿Entonces qué estás diciendo? ¿Que tampoco lo
apruebas tú?

–No estábamos hablando de mí –dijo Milos sacudiendo la cabeza.

–No, y lo sé muy bien –le echó una mirada reflexi-
va–. ¿Por qué estás tan interesado en eso?

–Estoy intentando... conocerte.

–Sí, claro –dijo Melissa con sarcasmo–. Lo que intentas
es impresionar a mi madre. En realidad no querías llevarme de paseo. Solamente querías marcarte un tanto con ella.

–No podrías estar más equivocada –de hecho, Milos
no podía recordar por qué accedió a llevársela de paseo–.
¿Te gustaría que fuéramos... amigos?

–Sí, claro –evidentemente, Melissa no le creía–. Qué
suerte tuviste de que Rhea estuviera aquí, ¿no?

¿Suerte? Milos no habría utilizado esa palabra. Aun
así, reconoció que estaba seguro de que tarde o temprano
habría adivinado la verdad.

–¿Qué dijo ella sobre mí? –preguntó de repente Melissa, dejando a Milos de nuevo perplejo.

–¿Quién?

–Rhea, por supuesto. Tiene que haber dicho algo.
Dijo que iba a preguntarte cuándo me ibas a llevar a
casa, pero tardó mucho tiempo.

–Si quieres saberlo –dijo él, midiendo cuidadosamente sus palabras–, me contó cuánto se divertía contigo. Eres muy diferente a las chicas con las que normalmente está.

–Háblame de eso –le pidió ella–. Así que no la aburrí, ¿eh?

–No –Milos experimentó una inesperada ola de compasión por ella, y por primera vez se percató de que quería gustarle a la chica–. ¿Te aburriste tú?

–¿Yo? No, diablos. ¡Fue genial!

–Me alegro. Quizás podamos repetirlo alguna vez.

–Quizás. Con tal de que no empieces a decirme lo que tengo que hacer.

–La gente hace eso, ¿no es verdad?

–Dicen que soy incontrolable –respondió Melissa, encogiéndose de hombros.

–¿Y lo eres?

–No –estaba indignada–. Pero no puedo evitar pensar que la escuela es una lata.

–¿Por qué piensas que es una lata?

–No lo sé –respondió la chica, encogiéndose de hombros de nuevo.

–Estoy seguro de que lo sabes.

–Te crees muy listo, ¿no? ¿Crees que haciéndome hablar del colegio y de tonterías vas a conseguir que me guste?

–No soy tan presuntuoso –dijo Milos secamente–. Pero a veces, cuando a la gente no le gusta algo, es porque no entienden lo que pasa.

–¿Estás insinuando que soy estúpida? –Melissa se ofendió– ¡Tienes que estar bromeando! ¡Puedo hacer los deberes haciendo el pino!

–¿Entonces por qué no lo haces?

–¡Sí claro, y que me llamen empollona! –exclamó con desdén– No gracias, prefiero estar con mis amigos y no hacer nada.

–¿Estás segura de que no son ellos los estúpidos?

–dijo Milos, sacudiendo la cabeza–. A mí me parece más sensato usar el cerebro si se quiere tener éxito.

–Hey, ¿he dicho yo que quiera tener éxito? –preguntó Melissa mordazmente.

–Dijiste que querías coches como este –le recordó Milos–. Los coches cuestan dinero.

–¿Qué sabes tú de eso? Dudo que hayas tenido que trabajar alguna vez por algo en tu vida.

–¿Es eso lo que crees? –dijo él, respirando profundamente.

–Sí. No –parecía un poco avergonzada–. Simplemente quería decir que tú no eres como nosotras.

Milos comprendió súbitamente que tenía una responsabilidad. ¿Pero le dejaría Helen ayudarla? De algún modo dudaba que le diera la oportunidad.

No le sorprendió ver a Helen esperándolos sentada en la pared de piedra que bordeaba la terraza.

–Oh, un comité de bienvenida –murmuró Melissa–. ¿Le vas a contar lo que te he dicho? –frunció el ceño– ¿O te dieron órdenes de ajustar cuentas conmigo?

–Nadie me da ordenes –replicó Milos secamente. Al ver a Melissa con cara de pocos amigos, torció el gesto–. Normalmente no –añadió, y ambos compartieron una sonrisa de mutua comprensión.

Helen aún llevaba puesta la falda. Era más corta de las que normalmente llevaba, y sus largas y esbeltas piernas atraparon al instante los ojos de Milos.

Helen fue a la puerta tan pronto como el coche paró, abriéndola para que Melissa se bajase.

–Puedo hacerlo yo –refunfuñó Melissa, y mirando con tristeza a Milos, añadió–: Gracias por el viaje.

–Un placer –dijo Milos.

Sin esperar a que su madre se uniera a ella, Melissa subió con parsimonia los escalones y entró en la casa, dejando solos a Milos y Helen. La oportunidad ideal para hacerle frente, pensó él. ¿Entonces por qué sentía tal rechazo a hacerlo? ¿Qué pasaría si estaba equivocado?

La repentina explosión de Helen sobrecogió a Milos.

–No teníais ningún derecho a quedaros tanto tiempo –exclamó–. Deberías haber sabido que me preocuparía por ella. ¿Qué diablos habéis estado haciendo?

«¿Descubriendo que tengo una hija?».

Pero no podía decir eso. ¿Qué pasaría si ella lo negase? ¿Qué haría entonces? ¿Quería realmente descubrirlo?

–Sabes que me la llevé para que conociera a mi hermana –dijo–. Melissa quería darse un chapuzón. No te enfades tanto.

–Bueno, no importa. Espero que Melissa se haya divertido.

–Todos lo hicimos –dijo Milos suavemente–. También Rhea –añadió–. No es mucho mayor que ella.

–Pensaba que habías dicho que tenía dieciocho años.

–¿Y bien? –Milos la desafió a contradecirle, pero no lo hizo.

–Bueno –dijo Helen, levantando los hombros–. Melissa está en casa. Eso es lo más importante.

–Me estaba preguntando si ya le habrías contado a tu padre... lo nuestro –dijo Milos.

–¡No! –su negación fue vehemente, y Milos se percató de lo reveladora que era esa nueva información.

–¿Por qué no?

–¿Y tú me lo preguntas? –la cara de Helen estaba roja de ira–. ¿No tienes vergüenza?

–¿Y tú la tienes? –replicó él arqueando las cejas–. Había pensado que estarías deseando contarle cómo traicioné su confianza. Pero quizás tienes otras razones para no hacerlo.

–¿Qué... qué otras razones? –balbuceó Helen. Evidentemente, esa pregunta la pilló desprevenida, y si Milos hubiera tenido alguna duda sobre su parentesco con Melissa, su reacción la borró totalmente.

–Tú dirás –dijo él, despreciándose a sí mismo por compadecerla. Y justo antes de que pudiera responderle, Melissa apareció al final de la escalera.

–Hey, Sam me manda para que os invite a tomar algo –llamó, dirigiéndose a Milos.

Pero Melissa no había terminado. Al bajar los escalones hacia ellos, percibió la tensión entre Milos y Helen y sus ojos se entornaron.

–¿Qué está pasando aquí? ¿He interrumpido algo?

Capítulo 6

HELEN estaba observándose con claro recelo en el espejo del cuarto de baño la tarde siguiente. ¿Por qué se había dejado persuadir por Melissa para ponerse en una reunión familiar una blusa de seda negra como esa, con tirantes finos y escote muy bajo con el que no podía ponerse sostén? Y aunque la falda con rayas en color negro y crema que iba con él era larga, tenía una raja que llegaba casi hasta la cintura.

Gimió. El vestido de lino que originalmente había elegido habría sido mucho más apropiado. Pero mucho más propio de una persona de mediana edad, como había dicho su hija.

Y con Melissa portándose bien, lo que no era propio de ella, Helen había estado dispuesta a hacer lo que fuera para no perturbar el equilibrio. No sabía lo que había pasado el día anterior, pero evidentemente la hermana de Milos había ejercido una buena influencia sobre ella, ya que el esmalte de uñas y el pintalabios negros habían desaparecido dos días antes. El pelo de Melissa tenía aún mechas verdes, pero al menos no se ponía fijador.

Consecuentemente, Helen se había sentido como si estuviera andando sobre cáscaras de huevo cuando Sam la llevó de compras a Aghios Petros esa mañana. Después de la actitud de Milos cuando llevó a su hija a casa, no había querido reanudar el antagonismo que había habido entre Melissa y ella antes de que dejaran Inglaterra. La niña no había querido ir allí y en ocasiones Helen pensaba que tenía razón.

El problema era que en esos días era casi imposible pensar en Melissa sin asociarla con Milos. No se había dado cuenta de que los parecidos entre ellos iban a ser tan pronunciados. Cuando Melissa decía lo fácil que era hablar con Milos, sus razones para mantener en secreto la identidad de la chica parecían falsas y egoístas.

Él merecía conocer la verdad. Si hubiera sido un empleado de su padre, habría sido más fácil de llevar. Pero no lo era. Era un hombre rico con recursos ilimitados; recursos que podría utilizar fácilmente para convencer al juez de su incompetencia como madre al haber mentido tanto a su hija como al hombre que la engendró.

¿Tendría el tribunal en cuenta que solo había tenido diecisiete años cuando Milos se acostó con ella? Había parecido tan encantador y sincero, que ella se entregó totalmente. Su madre no había confiado en él, pero Helen no la escuchó. Accedió en secreto a tomar una copa con él y eso selló su futuro.

Tenía que reconocer que la conexión de Milos con su padre había oscilado la balanza a su favor. Había anhelado tener noticias suyas. En los meses que siguieron al divorcio de sus padres, lamentó no haberle dado a Sam una segunda oportunidad, y habría estado abierta a cualquier ruego en su favor.

Y si Milos hubiera hecho lo qué le pidió su padre y simplemente hubiera intercedido por su causa, las cosas habrían sido muy diferentes. No hubiera habido ningún encaprichamiento loco por parte de ella, y ninguna estudiada seducción por la de él.

En cambio, la visita de Milos había retrasado la relación con su padre una docena de años o más. Una vez que su hija nació, no hubo vuelta atrás. Se casó con Richard Shaw y su futuro había estado sellado.

En ese momento se estremeció, al saber que, aunque no lo quería, tendría que ver de nuevo a Milos. El día antes estuvo solo el tiempo necesario para disculparse ante Sam, alegando que tenía trabajo en casa. Pero esa tarde iba a haber una cena en honor a ella y a Melissa, y naturalmente Maya lo había persuadido para que fuera.

Aquella mañana Melissa y ella habían ido de compras con Sam. Eso les dio la posibilidad de aumentar su exiguo vestuario, ya que Helen había llevado poco de casa al creer que su padre se estaba muriendo.

En ese momento, mientras Helen se acercaba a un espejo para pintarse los ojos, Melissa apareció por la puerta del cuarto de baño. Helen vio el reflejo de la chica antes de mirarla directamente, y eso le dio tiempo para normalizar su expresión antes de que Melissa se diera cuenta.

No quería parecer muy contenta por la apariencia de su hija. Eso siempre había tenido el efecto contrario. Pero resultaba difícil contenerse cuando Melissa estaba tan atractiva. El vestido de algodón sin mangas era perfecto, y el verde lima era definitivamente su color.

Para alivio suyo, lo que ella llevaba puesto atrapó de inmediato la atención de la chica.

–¿Sé elegir la ropa o no? –se jactó encantada, con expresión triunfante–. ¡Dios mío, mamá, estás realmente impresionante! Y por lo menos diez años más joven de lo que estarías si te hubieras puesto ese saco que elegiste tú.

–¿No crees que este traje es demasiado... juvenil para mí? –preguntó insegura Helen, mirándose.

–Deja de agobiarte, mamá –dijo su hija–. Estás estupenda. Vas a impresionar a Milos.

–No estoy intentando impresionar a nadie –protestó ella–, y menos aún, a Milos Stephanides. Simplemente no quiero parecer una... adolescente.

–¿Con tus pechos? Ya te gustaría a ti –Melissa hizo una mueca–. Vamos. Yo llevo puesto lo que te gusta a ti, lo menos que puedes hacer es hacer lo mismo.

Casi era de noche cuando salieron, siguiendo el zumbido de voces que provenía de la terraza. Un crepúsculo violeta había caído y bombillas de colores colgadas de los árboles daban a la escena una iluminación mágica.

Ya se había reunido un pequeño grupo de gente.

Primero vio a Maya, por una vez contenta, con Sam a un lado y Alex al otro. Pero los ojos de Helen se fijaron al instante en el hombre alto que estaba justo detrás de ellos.

No pudo sacar ninguna conclusión, pues su padre ya las había visto e iba a su encuentro, con su delgado rostro encendido por una expresión de aprobación.

–Estás... ambas estáis guapísimas –dijo, tomándolas de la mano. Helen se dio cuenta de que Melissa no se ofendió por su entusiasmo–. No sabéis lo orgulloso que estoy de que finalmente estéis aquí.

–Mamá está estupenda, ¿no? –preguntó con intención Melissa– Yo elegí este traje, ¿te gusta?

–Sí –contestó Sam–. Tienes buen gusto. Pero ¿sabes una cosa? Tu madre es una mujer muy guapa.

Helen se ruborizó al oír eso, y antes de que Melissa pudiera decir algo que la pusiese en un aprieto, Sam las condujo hacia adelante.

–Vamos –dijo Sam–. Esta gente está deseando conoceros. Permitidme que os presente.

Para alivio de Helen, la mayoría de los invitados hablaban algo de inglés, y como había dicho Sam, estaban deseando conocerla. Evidentemente, Sam les había contado que era viuda y muchos le dieron el pésame por la triste pérdida.

La hermana de Milos estaba allí y, después de conocerla, Helen pudo comprender por qué le gustaba tanto a Melissa.

Alex era una cara familiar, y al haber vuelto Sam al bar, él parecía haber asumido el papel de su protector.

–Ya te habrás dado cuenta de que los griegos se alegran siempre de tener una excusa para hacer una fiesta –bromeó–. Pero me alegro por Sam. Sé lo mucho que te ha echado de menos todos estos años.

–Yo también lo he echado de menos –murmuró Helen. Entonces, frunció el ceño–. Debías de ser muy joven cuando tu madre y... y mi padre se juntaron.

–Tenía diez años –corroboró Alex–. Aunque llamo a tu padre Sam, ha sido siempre como un padre para mí.

–Estoy segura.

Helen quería preguntar más y, como si sintiera su curiosidad, Alex continuó:

–Mi verdadero padre era un pescador. Se ahogó antes de que yo naciera –hizo una pausa–. Él no llegó a saber que iba a ser padre. Mi madre y él no estaban casados, ¿entiendes?

Helen asintió, compadeciendo tanto a Maya como a él. Tuvo que ser también difícil para ella, embarazada y sin marido. Conocía el sentimiento.

Milos eligió ese momento para unirse a ellos. Helen se sobresaltó visiblemente cuando él le habló, y ella supo que Alex se había dado cuenta.

–*Kalispera*, Helen –Milos lo saludó afablemente–. Esta noche estás muy guapa.

–Gracias. Estoy bien –dijo Helen con frialdad, pero no podía evitarlo–. Qué bien que hayas venido.

–Ha sido un placer –respondió Milos, aunque su expresión grave contradecía las inocentes palabras. Se fijó en el vaso medio vacío de *retsina* que llevaba Helen–. Alex, tu hermanastra necesita otra bebida. ¿Puedes traérsela?

–Oh, pero yo...

Helen iba a decir que no quería otra bebida, pero Milos ya le había arrebatado el vaso y se lo había dado a Alex. Este pareció dudar, pero era demasiado educado como para discutir con un invitado.

–*Kanena provlima* –dijo afablemente, y con una breve palabra para excusarse se fue.

–Ha dicho: «No hay problema» –tradujo Milos, y Helen le echó una mirada de reproche.

–No quería otra bebida –dijo bruscamente–. Por favor, no te atrevas a tomar las decisiones por mí.

–¿He hecho eso? –Milos tomó un trago antes de continuar–. Pensé que te ayudaría a relajarte. Estás tan tensa como las cuerdas de una mandolina.

–¿Y de quién es la culpa?

–Asumo que me culpas a mí –respondió él, alzando sus oscuras cejas.

–¿Y a quién si no?

–¿Por qué? –sus ojos se posaron brevemente en su boca y ella sintió el calor de esa apreciación sensual inundando su interior–. Admito que estoy halagado, pero como nos conocemos tan bien...

–No nos conocemos tan bien –replicó calurosamente Helen–. Apenas si nos conocemos.

–Oh, yo creo que sí –Milos le mantuvo la mirada en ese momento, y ella se dio cuenta sin remedio de lo fácilmente que podía vencerla empleando sus propias armas. Hubo un silencio lleno de emoción y entonces dijo–: Le gusto a tu hija.

–¿Y se supone que eso es una recomendación? –espetó finalmente Helen, tras sentir de repente un escalofrío, a pesar de la calurosa noche–. Melissa se hace amiga de la gente más inapropiada.

–Sí, eso es lo que me dijo. Tuvimos una conversación muy interesante volviendo de Vassilios.

Helen lo sabía. Había visto la sonrisa de conspiración que tenían antes de que su hija saliera del coche, pero había sido demasiado orgullosa como para preguntarle.

–¿Cuánto tiempo lleva haciendo novillos? –preguntó abruptamente Milos, y Helen tragó saliva.

–¿Cómo lo...? ¿Melissa te dijo eso?

–No tuvo que hacerlo. Se pasa todo el día con perdedores. ¿Qué otra cosa puede hacer?

–Todos no son perdedores –comenzó Helen tras humedecer sus secos labios–. Bueno, de acuerdo. Hemos tenido algún problema con... las ausencias –admitió–. Pero todos los adolescentes, todos los niños atraviesan algún periodo de rebeldía.

–¿Y eso es lo que tú crees que es? Un periodo de rebeldía.

–¿Qué otra cosa podría ser? –se defendió Helen.

—Podría ser el comienzo de una vida sin éxito –dijo Milos–. ¿Qué ejemplo le dio tu marido? La chica ni siquiera piensa que la educación merezca la pena.

—No te he preguntado tu opinión –dijo Helen, bajando la cabeza.

—De cualquier modo, la tienes gratis.

—Quieres decir que no puedes resistirte a meterte en mi vida –Helen miró con inquietud a su alrededor–. ¿Dónde está Alex? Espero que no haya asumido tu intrusión como razón para permanecer apartado.

—Volverá –Milos se encogió de hombros.

—Y hasta entonces, me vas a molestar –suspiró Helen–. ¿No hay ninguna otra mujer desesperada por tener tu atención? ¿Por qué elegirme a mí?

—Quizás tú seas buena para mi ego –respondió Milos.

—¿Qué quieres en realidad Milos? –preguntó Helen, moviendo la cabeza–. No me puedo creer que estés disfrutando de esto más que yo.

—Estás equivocada –Milos se inclinó hacia ella–. Tenemos que hablar, Helen. ¿No crees?

—Estamos hablando ahora –respondió Helen.

—Así no. Tenemos cosas que decirnos que deben decirse mejor en privado.

—¿Qué... cosas?

—Oh, estoy seguro de que se nos ocurrirá algo –murmuró suavemente, mientras le acariciaba el hombro–, como por qué tiemblas cuando te toco –pasó sus dedos por su brazo, parando para acariciar la curva de sus pechos–, o por qué no estás gritando si me estoy tomando unas libertades que ninguna mujer decente permitiría.

—O que ningún hombre decente se tomaría –Helen se separó tímidamente de él–. Déjame en paz, Milos. ¡Por favor!

—No puedo hacer eso –dijo con voz ronca, y ella sintió el roce de su boca en su sien.

Estaba segura de que iba a besarla en la boca y estaba avergonzada al admitir que había inclinado la cabeza.

Pero entonces Milos se apartó de ella abruptamente, y Helen vio a Melissa y a Rhea al otro lado de la terraza, observándolos.

En ese momento volvió Alex con su bebida.

–Aquí tienes –dijo, entregándole el vaso, y Helen dio un trago con avidez.

–Gracias –dijo Helen, después de haber bebido–. Lo necesitaba.

Como si de repente perdiera todo interés por ella, Milos se excusó y se alejó hacia la mesa del bufé, donde Maya estuvo más que contenta de acompañarlo.

–Milos parece enfadado –dijo Alex–. ¿Ha dicho algo que te inquiete?

–¿Que me inquiete? –la voz de Helen tenía un tono de negativa. Se esforzó por dominarse–. Um, no. Simplemente estábamos... hablando de los viejos tiempos, eso es todo.

Se dio cuenta demasiado tarde de que no había sido la cosa más sensata que podría haber dicho al ver a Alex fruncir el ceño.

–No sabía que Milos y tú fuerais viejos amigos –observó tranquilamente–. ¿Cómo os conocisteis?

–Oh... fue hace años –dijo Helen con impaciencia–. Milos estaba de vacaciones en Inglaterra y mi padre le pidió que... me visitase.

–¿De verdad? –Alex estaba obviamente intrigado– ¿Sabes?, nunca he pensado que Milos fuera a Inglaterra excepto en viajes de negocios.

Ella había sido simplemente otro negocio. Y la que había tenido que pagar el precio.

Capítulo 7

AÚN era temprano cuando Milos salió al balcón de su dormitorio en Vassilios.

Una brisa fresca le alcanzó las piernas desnudas. Había dormido mal. ¡Maldita sea! Debería haber hablado con Helen acerca de lo que le preocupaba la noche anterior.

Pero la combinación de su propia agresividad y de la fragilidad de Helen lo había derrotado una vez más. No había sido capaz de mantener las manos lejos de ella.

Sea como fuere, la fiesta de los Campbell no había sido un lugar apropiado para tener una conversación seria, y Milos se fue tan pronto como amablemente pudo. Rhea se había opuesto. Había querido quedarse para el baile que iba a seguir al bufé. Pero le había dicho de una manera nada correcta que, a menos que quisiera volver a casa por sus propios medios, tendría que irse con él.

Pero lo que más le molestaba era el hecho de que se iba a Atenas por la tarde. La conferencia a la que tenía que asistir comenzaba el día siguiente, y pasarían al menos tres frustrantes días antes de que pudiera volver a la isla.

La frustración le asaltó de nuevo. Tenía que hablar con Helen antes de que se fuera. Tenía que conseguir que admitiera la verdad sobre Melissa. Hasta que no lo hiciera, estaba perdiendo el tiempo.

Incluso Sam se sorprendió de que llamasen a Helen por teléfono y volviera diciendo que Rhea Stephanides los invitaba a Melissa y a ella a comer.

–No sé por qué me ha invitado –murmuró, a pesar del entusiasmo de Melissa–. Apenas la conozco.

–Yo sí –dijo su hija con ilusión. Miró a su madre frunciendo el ceño–. No rehusaste, ¿no?

–Eh... no.

Helen admitió que no lo había hecho, aunque aún tuviera dudas, y Melissa se mostró satisfecha.

–Siempre puedo ir sola. No necesito que me trates como un bebé –se volvió a su abuelo–. Me llevarás, ¿lo harás?

–Melissa... –titubeó Helen.

–Creo que deberíais ir las dos –afirmó con firmeza Sam, y por una vez Maya estaba de acuerdo con él.

–No creo que Milos esté allí –dijo ella–. Por lo que sé, se va hoy a Atenas.

–La conferencia. Por supuesto –corroboró Sam–. Es una reunión de productores de petróleo para discutir los modos de reducir la contaminación, y Milos es uno de los principales conferenciantes.

–Comprendo.

–Ahí lo tienes, mamá –dijo Melissa–. No es una treta de Milos para estar contigo.

–Nunca pensé que lo fuera –protestó enérgicamente al tiempo que se ruborizaba–. Desearía que no dijeses cosas como esa, Melissa. Apenas... lo conozco.

–A él le gustaría conocerte, sin embargo –dijo astutamente Melissa–. Rhea y yo os vimos juntos anoche, ¿te acuerdas?

–Nos visteis hablando, eso es todo –exclamó Helen, mirando a su padre humillada–. Verdaderamente, Melissa tiene mucha imaginación.

–No dejes que te altere –dijo Sam suavemente, guiñándole un ojo a su nieta–. Ella solo te está tomando el pelo. Tienes una idea equivocada, Melissa, y creo que deberías pedir perdón.

–Pero a mamá le gusta Milos –insistió Melissa–. Sé que le gusta. Y él no podía dejar de mirarla cuando estuvimos cenando.

Sam suspiró, pero fue Maya la que decidió responder a la niña.

–Te estás imaginando cosas. Es como dice tu abuelo, Milos siempre ha sido muy popular entre los miembros del sexo opuesto. Pero no deberías ir por ahí con la idea de que podría estar interesado en una inglesa. Los griegos se casan con las griegas. Es como debe ser.

–Tú no lo hiciste... –comenzó Melissa.

–Sea como fuere, estoy de acuerdo con que Maya piense así –dijo Sam–. Creo que Milos ha tenido bastante con su matrimonio.

Una hora más tarde, Helen se encontraba en el asiento delantero del jeep de su padre. Este se había ofrecido para llevarlas personalmente a la casa de campo de los Stephanides en San Rocco después de que Melissa la hubiera sorprendido al disculparse.

–Ya casi estamos –dijo de repente Sam, señalando las paredes blancas de la casa–. Esa de ahí es la casa de Aristotle. No tiene piscina –añadió para conocimiento de Melissa–, pero las vistas son magníficas.

–Has estado aquí, ¿no?

Melissa se desabrochó el cinturón y se inclinó hacia delante para abrazar los asientos delanteros.

–Varias veces –corroboró su abuelo–. Como sabéis, los Stephanides son parientes lejanos de Maya.

–Y no deja de recordárnoslo –observó Melissa sin pensar, antes de añadir–. Lo siento. Es muy bonita.

–Lo es –su abuelo no estaba ofendido–. No es tan moderna como la casa de Milos, por supuesto, pero creo que os gustará.

Rhea salió para recibirlos cuando el jeep llegó al patio cubierto con grava. Llevaba puesta una falda hasta los tobillos y una camiseta sin mangas, y Helen vio cómo Melissa se fijó en su apariencia.

Las dos adolescentes se saludaron calurosamente, pero aunque Rhea invitó a Sam a quedarse, este dijo que tenía que irse. Rhea se ofreció a llevarlas de vuelta y Helen supuso que su padre se alegraría de no tener que hacer el viaje por segunda vez.

Estaba aliviada al ver que Rhea parecía tener su edad. La noche anterior, el parecido entre las dos chicas había sido obvio. Pero ese día Rhea parecía mayor, más madura. Lo que era tranquilizador.

–Las dos estáis muy guapas –observó Rhea, contemplando a sus invitadas mientras entraban en el vestíbulo. Señaló los pantalones de algodón de Melissa–. ¿Son nuevos?

–Sí –Melissa se pavoneó ante el desacostumbrado elogio–. Y el vestido de mamá también. ¿Te gusta?

–Mucho –dijo educadamente Rhea, pero Helen se imaginó que su sencillo vestido no era algo que Rhea quisiera ponerse de verdad.

–Fue muy amable por tu parte invitarnos –dijo Helen–. Melissa se lo pasó muy bien en Vassilios el otro día.

–Sí –Rhea soltó la palabra como si no estuviera totalmente segura de querer decirla–. Pero me temo que yo no soy la persona a la que deberías agradecer la invitación.

–Perdón...

Helen estaba intentando comprender lo que quería decir cuando una sombra oscura emergió a través de la bóveda a su derecha.

–No –dijo Milos amablemente, sonriéndole a Melissa, que a su vez sonreía triunfalmente a su madre. A continuación, añadió–: Me temo que yo soy el culpable. ¿Me perdonarás?

Por un momento, Helen no pudo decir nada.

–Pensé... Maya dijo que te ibas a Atenas hoy.

–Y voy a ir –replicó Milos. Miró a su hermana–. ¿Por qué no le pides a Marisa que nos traiga algunos refrescos, Rhea? Estaremos en la terraza.

–Iré contigo, Rhea –dijo Melissa en seguida, y aunque Helen quería pararla, sabía que podría hablar más libremente sin su hija observándola.

–¿Te parece bien, Milos? –preguntó Rhea, mirando a su hermano para su aprobación. Todos hacían lo que quería ese hombre arrogante, pensó impotente Helen. ¡Oh Dios! ¿Por qué accedería a ir allí?

–La terraza está por aquí –señaló educadamente Milos cuando estuvieron solos, y aunque Helen quería decirle que se fuera al infierno, lo siguió obedientemente a través del vestíbulo–. Mi abuelo construyó esta casa hace más de sesenta años –comenzó Milos mientras caminaban–. En aquellos días no había ninguna carretera y era un escondite adecuado para los miembros de las fuerzas de la resistencia durante la Segunda Guerra Mundial.

–Qué interesante.

Helen no hizo ningún intento por esconder su sarcasmo, pero no pudo evitar dar un grito de sorpresa cuando llegaron a la terraza. No se había dado cuenta que el jeep hubiera subido tan alto. La hermosa vista de los pueblos con casas blancas quitaba la respiración.

–Impresionante, ¿no? –murmuró Milos, apoyando la espalda contra la pared de piedra que circundaba la terraza–. Se construyó originariamente como... ¿cómo lo diríais? casa de vacaciones. Atenas no es recomendable en el verano por el calor.

–Qué suerte al poder elegir –observó secamente Helen–. ¿Así que dónde están tus padres ahora?

–Están haciendo un crucero por el Pacífico –dijo Milos de mala gana–. Y antes de que hagas otro comentario mordaz, te diré que mi padre ha tenido un infarto de corazón a comienzos de año y se ha visto obligado a jubilarse. Si no fuera así, asistiría él mismo a la conferencia de Atenas.

Helen sintió un pasajero sentimiento de culpa, pero no quiso que él lo advirtiera.

–Lo siento –dijo lacónicamente.

Durante unos segundos hubo un silencio entre ambos. Entonces Milos se volvió y puso la mano en la pared a pocos centímetros de las suyas. Ella se puso tensa automáticamente, pero todo lo que hizo fue raspar la piedra con el pulgar. ¿Por qué se sentía como si fuera su piel la que estaba acariciando?

–¿Te gustaría ver donde vivo cuando estoy en la isla? –preguntó de repente, su voz más ronca que antes, y Helen tuvo que dominarse para no apartarse de él.

–¿Por qué querría ver tu casa? –preguntó bruscamente–. Melissa me ha contado cómo es.

–Que te lo cuenten no es lo mismo que verlo de verdad uno mismo –insistió suavemente. Sus ojos se fijaron en su boca antes de bajar hacia su escote–. Ven conmigo, Helen. Quiero demostrarte que no soy el canalla egoísta que crees que soy.

–No tengo ningún pensamiento sobre ti, ni bueno ni de otro tipo –replicó rápidamente, manteniendo con esfuerzo su voz estable. Miró detrás de ella–. Melissa y tu hermana están tardando muchísimo. ¿Crees que debería ir y meterles prisa?

–Creo que deberías quedarte exactamente donde estás –contestó ásperamente Milos. De repente movió la mano para agarrar su muñeca y Helen se preguntó si podría sentir su pulso palpitando–. ¿Cuánto tiempo vas a aguantar así, Helen? –sus ojos brillaron peligrosamente– ¿Cuánto tiempo vas a negar que todos estos años me deseabas tanto como yo a ti?

–Deseaba es la palabra exacta –dijo Helen, respirando entrecortadamente–. Olvidas que no sabía que estabas casado, Milos. Pronto cambié mi modo de pensar cuando tu esposa explicó por qué habías ido a Inglaterra.

–¿Qué dices? –Milos parecía desconcertado en ese momento, pero eso no le impidió tirar de ella hacia él–. Mi esposa y yo nos habíamos separado mucho antes de que fuera a Inglaterra. No sé dónde te informas, pero te puedo asegurar que es la verdad.

–Una pena que tu esposa no lo viera así –replicó Helen, incómoda al estar tan cerca de él–. Déjame ir, Milos.

¿O quieres que tu hermana vea lo mal que tratas a tus invitadas?

–¿Mal? –dijo Milos mordazmente–. Tú no sabes lo mal que quiero tratarte. Y no me importa especialmente lo que Rhea piense –su mirada acalorada casi la estaba asfixiando y desgraciadamente era consciente de que su cuerpo no respondía como debería. Él solo tenía que tocarla y ella temblaba–. Me pregunto cómo reaccionarías si estuvieras desnuda. ¿Tendría eso algún efecto en tu alma traidora?

Helen tragó saliva, incapaz de dejar de mirarlo.

–¿Tendría eso un efecto en la tuya? –replicó, sin saber de dónde provenían las provocativas palabras, pero incapaz de retractarse.

–Oh, sí –su respuesta fue inmediata, y en ese momento se giró, aprisionándola contra la pared–. Ahora dime que lo que pasó entre nosotros no significó nada para ti –incitó groseramente–. Dime que no tienes perdurables recuerdos de esa noche.

En el mismo momento en el que su lengua dejaba un rastro húmedo a lo largo de su mandíbula el pánico la alcanzó. ¿Qué quería decir? ¿De qué estaba hablando? ¿Estaba diseñado ese plan de seducción para hacerla confesar?

¡Dios mío! Si eso era cierto, era astuto. Porque justo en ese momento estaba tentada, insoportablemente tentada, a rendirse.

Afortunadamente, no ocurrió. Su boca apenas había acariciado sus labios cuando oyeron el sonido de voces yendo a su encuentro. Melissa y Rhea estaban riendo y charlando cuando llegaron a donde estaban ellos, y, a pesar de lo que había dicho anteriormente Milos, eso fue suficiente para que mascullara una palabrota entre dientes y pusiera una distancia decente entre ellos.

Helen no se recuperó tan fácilmente. Aunque el beso había sido breve, se había ruborizado y estaba segura de que Melissa se daría cuenta. Su hija siempre se daba cuenta de todo.

Pero si lo hizo, no dijo nada, y fue Rhea la que dijo con alguna preocupación:

–¿No hace demasiado calor para ti aquí fuera, Helen?

–Um... no, estoy bien –murmuró rápidamente Helen, pero Rhea aún parecía tener dudas.

–Podemos sentarnos en la sombra –dijo, señalando con la cabeza una mesa y unas sillas de mimbre resguardadas por un enrejado con buganvillas–. Marisa está en camino con una bandeja.

–Qué amable –dijo Helen.

–Rhea y yo vamos a ir a la playa –dijo Melissa–. Puedes venir con nosotras si quieres.

–Eso suena tentador –Helen ni siquiera tenía la voluntad de corregir su gramática.

–Había pensado enseñarle a tu madre algo de la isla esta mañana –intervino Milos suavemente, y Helen estaba asombrada de su arrogancia–. Creo que ha visto muy poco hasta ahora.

–Oh, creo que un chapuzón suena mucho más apetecible que dar una vuelta en el coche con este calor –protestó Helen sin mirarlo

–Puedes bañarte en Vassilios –insistió Milos con la evidente determinación de salirse con la suya–. Estoy seguro de que Melissa y Rhea no necesitan una carabina.

–Sí, está bien, mamá –dijo Melissa, llegando a la misma conclusión. Mientras, Marisa apareció con la bandeja, y la chica añadió–: ¡Mmm, limonada! Me encanta.

–Así que... está decidido –Milos se sentó enfrente de Helen mientras que Rhea se encargó del café–. Nos reuniremos aquí para almorzar, ¿vale?

Nadie quería discutir con él, pero después de que las chicas se fueran en el descapotable de Rhea, Helen se enfrentó a él enfadada.

–No voy a ir contigo Milos –dijo, consciente de que al menos Marisa estaba a una distancia en la que la podría oír en caso de necesitarla–. Si insistes en hablar, podemos hacerlo. Pero lo haremos aquí. No en Vassilios.

–¿Me tienes miedo, Helen? –preguntó Milos, observándola con los párpados semicerrados.

«Demonios, sí», pensó Helen. Tenía miedo de él. Pero no se lo iba a decir.

–Simplemente creo que sería más... sensato si nos quedamos aquí. Melissa y Rhea no tardarán.

–Lo suficiente –dijo Milos, cruzándose de brazos–. Vamos. ¿Qué tienes que perder?

Capítulo 8

ANTES de ver a Helen de nuevo, Milos se había jurado que nunca permitiría que otra mujer le llegase al corazón. Hacía años, se había arrepentido amargamente cuando había dejado que sus sentidos lo dominaran. Se había prometido que nunca más haría algo parecido, y aunque no había sido un monje esos años, ninguna mujer le había llegado tan profundamente como lo había logrado Helen.

Para empezar, no había querido creer que algún día fuera a verla otra vez. Incluso cuando ella lo dejó, había intentado buscar excusas, y solo cuando ella rechazó hablar con él, se dio cuenta de que, para Helen, lo suyo había terminado.

En los meses que siguieron a su retorno a Grecia, había sufrido remordimientos, debidos no a sus propios sentimientos de traición, sino porque también había defraudado la confianza de Sam. Le costó años recobrar el respeto por sí mismo y ahora estaba en peligro de perderlo de nuevo.

¡Era tan estúpido! Apenas había acariciado su boca con los labios y ya quería quitarle la ropa y enterrarse en su ardiente cuerpo. Cuando Melissa y Rhea los interrumpieron, había querido aullar de frustración. ¿Cómo podía sentir algo en lugar de desprecio por una mujer que persistía en mentirle?

En ese momento, cuando ella estaba sentada a su lado en el asiento delantero del antiguo Aston Martin de su padre, tuvo que reconocer que fuera lo que fuera que ocurriese, nunca más iba a serle indiferente. Pero tendría que hacerla frente. No podía permitirle que arruinase su vida por segunda vez.

Había tomado prestado el coche de su padre porque había ido a San Rocco en su Harley. Necesitaba el desatado poder de la moto para despejarse. Además, no había sabido cómo reaccionaría al tener sus muslos abiertos presionando su trasero. Eso era mucho más de lo que un hombre podía resistir.

Aun así, no podía negar que estar con ella, sentir el calor de su cuerpo a solo centímetros del suyo, hacía hervir su sangre.

Llevarla a Vassilios podría ser un error. ¿Quería de verdad recordarla allí, en el centro de su existencia?

La villa estaba situada en el borde de un profundo valle, y en los pastos donde sus caballos pacían había esparcidas rojas amapolas. La villa se extendía a través de una ancha llanura, con prados cercados con barandillas blancas a su alrededor; y un arroyo serpenteaba bajo un puente de piedra.

Milos oyó a Helen contener la respiración cuando vio su hogar y se alegró tontamente por su reacción. Había querido que a ella le gustase la casa, especialmente porque se había mostrado tan poco dispuesta a ir allí. Además, estaba orgulloso de su hogar. La casa había sido construida siguiendo su diseño.

Stelios apareció desde la parte trasera del edificio cuando llegaron a la casa. El anciano y su esposa, Andrea, cuidaban la casa por él. Últimamente, Stelios había tenido problemas con la artritis, y Milos tuvo que contratar a un par de jóvenes para hacer el trabajo duro. Pero el anciano estaba muy orgulloso de su posición y nunca permitía a ninguno de los demás empleados que olvidasen que él era el jefe.

Cuando el coche paró, sus brillantes ojos se fijaron en Helen, y Milos suponía que él ya estaría especulando acerca de su relación. Después de todo, rara vez llevaba a alguna mujer a Vassilios.

–*Ya*, Stelios –le saludó Milos, abriendo la puerta y saliendo del coche. Acto seguido, añadió en su propia lengua–: ¿Le puedes decir a Andrea que nos traiga algunos refrescos? Estaremos en la terraza.

–*Sigoora, kirieh*. Por supuesto, señor.

Stelios hablaba un poco de inglés, y aunque Milos se imaginaba que el anciano esperaba que le presentase a la invitada, no lo hizo. En ese momento tenía cosas más importantes en mente.

Milos hizo una señal con la cabeza para dar las gracias, y viendo que Helen ya se había bajado del coche, le indicó con el brazo que le precediera, subiera los escalones y entrase en la casa.

Entraron en un gran vestíbulo con una bóveda de cristal. Desde su centro subía como un abanico una escalera que daba acceso a la planta de arriba, y en cada lado del vestíbulo había puertas que mostraban un salón y un comedor elegantemente amueblados.

Milos vio en seguida que Helen estaba impresionada. La condujo hacia la terraza que estaba en la parte trasera. Había varias sillas con cojines y, como telón de fondo, una magnífica vista del océano.

Oyó a Helen tomar aliento cuando vio la piscina embaldosada con mosaicos.

–¿Nos sentamos? –sugirió Milos, indicando las sillas que estaban en la sombra de la terraza, pero Helen se movió hacia los escalones que conducían a la piscina.

Estando de espaldas a él, no se daba cuenta del modo en el que la luz del sol perfilaba la curva de sus caderas y de sus largas piernas, incluso a través del vestido. Pero Milos era consciente de eso, y se metió las manos en los bolsillos, preguntándose si ella tenía alguna idea de lo tenso que estaba.

–Tienes unas vista maravillosas –dijo Helen, mientras la brisa agitó un mechón de su cabello, llevándolo a su boca.

Helen alzó la mano para retirar el mechón detrás de

su oreja, estirando el delgado vestido contra sus senos. «¿Sabría lo provocador que era lamerse los labios como lo hacía?», se preguntó Milos. ¿O era solo un estudiado intento para distraerle?

–Bueno –dijo Helen–, ¿qué estamos haciendo realmente aquí?

–Estoy seguro de que lo sabes. ¿Por qué no te sientas conmigo y hablamos?

–Habla tú, Milos. Tú eres el que tiene preguntas –replicó rápidamente Helen–. Dime lo que estás pensando y yo intentaré responderte.

Pero no era tan fácil. Comparó la imagen de Helen en ese momento con la que había tenido la primera vez que la vio. Una chica alta y delgada con los vaqueros y la camiseta del uniforme del colegio al que iba. Le había dejado sin respiración. Recordó su reacción al conocerla como si hubiera ocurrido el día anterior y no catorce años atrás...

Milos estaba tomando té en el cuarto de estar con Sheila Campbell cuando Helen entró en la casa.

–Hey, ¿de quién es ese elegante coche? –preguntó al entrar en la habitación, refiriéndose al poderoso Saab que Milos había alquilado para su estancia allí. Entonces, se paró abruptamente cuando vio al visitante poniéndose de pie educadamente ante su llegada.

Era difícil decir quién estaba más avergonzado en ese momento. Sheila, que había permitido a Milos entrar en la casa con reticencia, una vez que había oído que conocía a su ex marido; Helen, debido a la impetuosidad de su llegada; o el propio Milos, que sabía que estaba allí con falsos pretextos y que nunca hubiera imaginado que la hija de Sam Campbell iba a ser como era.

Porque Helen era guapa, con el tipo de belleza inglesa de la que los poetas hablaban en sus libros. Ojos azules, complexión impecable, una boca irresistible...

Su cabello era bastante largo, una espesa melena rubia. Lo llevaba recogido en una coleta.

La estaba observando, lo sabía, pero no podía evitarlo. Desde el momento en el que sus ojos se encontraron, se dio cuenta de que habían conectado. Quería conocerla; no, necesitaba conocerla.

–Este es el señor Stephanides –dijo Sheila–. Trabaja con tu padre. Ahora está de vacaciones y al parecer tu padre le pidió que nos visitases.

–¿Mi padre? –preguntó Helen–. ¿Conoce a mi padre? –y al asentir Milos, añadió–: ¿Está bien?

–Está bien –le aseguró Milos, percatándose silenciosamente de lo que Sam ya le había contado: que durante el divorcio Helen había tomado partido por su madre–. Pero te envía su amor, naturalmente. Creo que ha pasado un año desde la última vez que lo viste.

–Casi dos –interrumpió irritada Sheila Campbell, no gustándole quedarse fuera de la conversación–. No es que eso signifique mucho para él. Helen sabe lo que su padre piensa de ella. Lo dejó bien claro cuando nos dejó por esa mujer griega. Si ha venido para interceder por él, señor Stephanides, está perdiendo el tiempo.

–No es por eso... quiero decir... –Milos sabía que no debía mostrar sus cartas demasiado pronto. Sam le había advertido que Sheila intentaría bloquear cualquier comunicación entre Helen y él. Al estar del lado de Sam, solo iba a ganarse la antipatía de ambas– Como digo, ahora estoy de vacaciones. Como conozco... poca gente en Inglaterra, Sam me dio su dirección.

–No tenía ningún derecho –dijo en seguida Sheila Campbell–. Sé cual es su estrategia. Quiere que vuelva y le cuente que nos va mal sin él. ¿Qué pasa? ¿Tampoco funciona su segundo matrimonio? Bueno, no tiene por qué pensar que puede volver aquí. Nos las arreglamos muy bien sin él, ¿no es cierto, Helen?

–Oh... yo... claro –dijo Helen, que parecía un poco disconforme con la animosidad de su madre.

–Sam está bien –dijo Milos. Y feliz, podría haber añadido, sintiendo la necesidad de defender al otro hombre. Pero se mordió la lengua y se volvió a Helen–. En realidad, el coche de ahí fuera es mío. Me alegra que pienses que sea... ¿cómo dijiste? ¿Elegante? –sonrió, tratando de alcanzarla a pesar de la presencia de su madre–. No me pertenece, me temo. Lo acabo de alquilar.

–No lo sabía, eso es todo –respondió Helen, encogiéndose de hombros.

–Helen no está interesada en coches caros –interrumpió secamente Sheila Campbell; y mirando a su hija, añadió–: Creo que tienes deberes que hacer, Helen. No dejes que te entretengamos. Helen está en el sexto curso del instituto, señor Stephanides. Espera ir a la universidad.

Evidentemente, Helen estaba contenta de escapar. Con una breve palabra de despedida, abandonó la habitación tan rápidamente como había entrado. Milos había querido detenerla. Quería decirle que iría a verla a ella, no a su madre, pero eso era imposible por el momento. Si Sheila Campbell siquiera sospechara sus motivos, le prohibiría a su hija tener algo que ver con él, y Milos no tenía confianza en su propia habilidad para hacer que Helen escuchase lo que le tenía que decir.

Eso fue dos días antes de volver a verla.

Habiendo decidido que el Saab era demasiado ostentoso, Milos lo había cambiado por un modelo más popular, dándose cuenta de que, si quería contactar con Helen, tendría que hacerlo subrepticiamente. En consecuencia, a la mañana siguiente había aparcado a alguna distancia de la casa, con la esperanza de poder interceptar a su víctima en su camino al instituto.

Había llegado demasiado tarde. Aunque había perdido gran parte de la mañana esperándola, la única persona a la que había visto había sido a la señora Campbell, que evidentemente iba al trabajo. Dio marcha atrás a un viejo Ford y se fue en la dirección contraria, dejando a Milos sin saber si Helen se había ido o no.

Pensó en esperarla después del instituto, pero eso presentaba demasiados problemas. En primer lugar, no sabía dónde estaba el instituto o desde qué dirección se aproximaría a la casa, y por otra parte, su madre esperaría que llegara a casa a una hora determinada. Cualquier desviación de su horario habitual podría hacer sospechar a su madre.

A la mañana siguiente, Milos tomó posición mucho más temprano que el día anterior. Pensó lo ridículo que era que tuviera que actuar de ese modo. No había tenido tiempo para afeitarse, y no había desayunado. No era exactamente el guion que había previsto cuando accedió a realizar la petición de Sam de hablar con su hija.

Una vez más, la primera persona en aparecer fue Sheila Campbell. Como en la mañana anterior, salió del garaje y se fue. Milos frunció el ceño. ¡Maldita sea! Si Helen iba al instituto, ¿no la llevaría su madre en el coche? No podía habérsele escapado de nuevo. Apenas eran las ocho de la mañana.

Esperó hasta las nueve antes de hacer algún movimiento. Cuando él iba a la universidad en Inglaterra, los institutos habían empezado bien pasadas las nueve y cuarto. O ya se había ido sin que la hubiese visto, o aún estaba en casa. Podría estar enferma, supuso nada convencido. No había pensado en eso.

Aparcó el coche al otro lado de la calle, solo por si alguien estuviera observando. Entonces abrió la puerta, cruzó la calle y anduvo el camino que conducía a la puerta principal pintada de blanco.

Llamó al timbre, como había hecho dos días antes, y esperó un tiempo impacientemente a ver si había alguien en casa. Estaba inclinado a pensar que la casa estaba vacía. No hubo ningún ruido de alguien yendo a abrir la puerta. Pero entonces vio que alguien había corrido la cortina de la ventana de la puerta de al lado, y cuando se giró, encontró a Helen mirándolo desde el otro lado del cristal.

Ella parecía tan conmocionada como él, probablemente más, y siguió mirándolo hasta que él le hizo un gesto de que viniese y abriera la puerta. Ella dudó, claramente sopesando qué hacer.

A Milos le pareció que necesitó una eternidad para cruzar lo que él sabía que era el salón y cubrir la corta distancia hasta la puerta principal. Pero finalmente abrió la puerta, manteniendo el picaporte como si no tuviera la intención de dejarle pasar.

–Hola. ¿Me recuerdas?

–Por supuesto –respondió Helen, apretando los labios.

Llevaba los vaqueros desgastados, y una camiseta blanca. Milos tuvo que apartar los ojos de los pezones que se traslucían contra la tela, recordándose severamente el porqué de su estancia allí.

–No estás en el instituto hoy.

–Obviamente no –dijo Helen, demostrando que no estaba intimidada–. ¿Qué quiere usted, señor Stephanides? Tengo que estudiar.

–¿Puedo entrar?

Eso no era lo que tenía intención de decir y no se sorprendió cuando ella sacudió la cabeza.

–Mi madre no está aquí –dijo–. Trabaja a media jornada en el supermercado. Si vuelve sobre las dos y media, ella debería estar en casa por entonces.

–Es a ti a quien he venido a ver, Helen –dijo, ignorando su reacción–. Tu padre quería que hablara contigo. A él le gustaría mucho que lo perdonases.

–¿Ah, sí? –sus palabras repitieron el rencor de su madre, pero Milos sintió que había desgana en la mordaz negativa–. Mi padre no se preocupa por mí. Solo se preocupa de su nueva esposa. Rompió toda esperanza de seguir siendo una familia cuando nos abandonó.

–Él abandonó a tu madre, no a ti –respondió Milos, suspirando.

–¿Y tu crees que eso le excusa?

–No...

–Porque le tengo que decir que creo que lo que hizo fue bastante despreciable.

–Estoy de acuerdo –Milos no conocía todos los entresijos de la historia, pero podía ver por el punto de vista de esa chica que el comportamiento de su padre parecía imperdonable–. Pero eso no altera tu relación con él. Él es aún tu padre. Todavía te quiere.

–Sí, claro.

–Pues sí. Y, sabes, ha intentado contactar contigo, pero tu madre lo ha impedido siempre.

–Así que esa es su verdadera intención, ¿no? ¿Persuadirme de que él no es el bribón que creo que es?

Milos dudó. Si le decía que sí y ella lo echaba, no conseguiría nada. Por otro lado, si decía que no, ¿qué otra excusa podría dar de la visita? Ella le atraía, seguro, pero no podía decirle eso. Era demasiado joven para él. ¿O no lo era?

–Te lo he dicho, estoy de vacaciones –dijo, suspirando. En realidad, era un viaje de negocios, pero pensó que eso no le granjearía ninguna ventaja–. Tu padre me sugirió que os visitase. ¿Qué hay de malo en ello? Te lo he dicho, él quiere arreglar las cosas. Si eso es imposible, pues que sea así.

–Lo es.

Helen se mostró inexorable, sus suaves mejillas se sonrojaron mucho. Milos descubrió que quería tocar su piel. Estaba tan segura de sí misma, tan fuerte, pero tan inconscientemente vulnerable; Milos estaba hechizado por su inocencia.

Un hombre menos... arrogante se habría retirado entonces, pero él no lo hizo. Milos se dijo que aún creía que podría cambiar su modo de pensar, pero esa no era la verdadera razón por la que quería verla de nuevo. Lo había hechizado.

–*Poli kala* –dijo tristemente–. Lo intenté –echó un vistazo a la calle, como si se preparara para irse. Pero en

ese momento se le ocurrió lo que probaría ser una decisión fatal–. Mira, comprendo que tengas cosas que hacer
ahora mismo, pero ¿me dejarás al menos que te invite a
una copa esta noche?

–¿Milos?

Helen le estaba hablando y este se dio cuenta de que
por unos minutos había perdido completamente el hilo
de la conversación. Los recuerdos de su viaje a Inglaterra
eran tan vivos y dolorosos, que era difícil separar el presente del pasado.

Capítulo 9

ESTÁS bien? Helen se había acercado un poco más, pero cuando Milos la miró, se apartó rápidamente. Supuso que llevaba unos minutos sin oír nada de lo ella que había dicho.

–*Mia khara*, estoy bien –dijo rápidamente–. No te pusiste en contacto conmigo después de dejar el hotel –dijo bruscamente Milos.

–¿Ponerme en contacto contigo? ¿Por qué querría hacerlo? –dijo Helen, como si no se le hubiera ocurrido nunca eso.

–Es lo que los hombres y las mujeres hacen después de haberse acostado –espetó irritado Milos, mientras su mal genio reavivaba–. No finjas... que lo que ocurrió entre nosotros no significó nada para ti. ¿O vas a decirme que no fue la primera vez que hiciste el amor?

–Sería una tonta si lo hiciera –dijo finalmente–. Pero estabas casado. ¿Esperabas que no me importase?

–Ya te lo he dicho –dijo estirado Milos, mientras sentía latir un nervio en la sien–. Ya estaba separado de mi esposa cuando hice el viaje a Inglaterra –hizo una pausa–. Pero eso me recuerda algo que dijiste antes: ¿cuándo hablaste exactamente con Eleni? Me interesaría oírlo.

Helen se mordió el labio inferior y Milos se preguntaba si lo había inventado todo, cuando ella dijo:

–Ella llamó al hotel –dijo, confundiéndole totalmente, y solo pudo mirarla con incredulidad.

–¿Qué hotel?

–Bueno, eh... ¿En cuántos hoteles estuviste?

–Te refieres al hotel donde nosotros... –dijo Milos, parpadeando.

–¿Donde me sedujiste? –le lanzó una amarga sonrisa.

–¿Pero cómo pudo hacerlo ella? No sabía dónde me hospedaba.

–Entonces alguien se lo tuvo que decir –dijo Helen–. Supongo que no era un secreto, ¿no es verdad?

–¿Cuándo? –preguntó Milos, ignorando su pregunta y sacudiendo la cabeza–. ¿Cuándo llamó?

–¿No lo adivinas? –la voz de Helen estaba desafinada–. Recuerda que fuiste al cuarto de baño para... para deshacerte de la evidencia. Se sorprendió mucho al responder yo el teléfono.

–¿Y qué le dijiste?

–Bueno, no revelé tu sucio secreto –dijo Helen con una mueca–. Aunque me imagino que tenía sus sospechas. ¿Fue por eso por lo que te divorciaste?

–Por favor –dijo Milos, frunciendo los labios–, te he contado nuestra situación. No hubo ningún corazón destrozado.

–Esa no fue mi impresión –Helen era escéptica al respecto.

–No me importa qué impresión tuviste –respondió Milos.

Su cabeza se llenó con las imágenes de esa tarde en el hotel. Recordó ir al cuarto de baño, para deshacerse de lo que evidentemente demostró ser un preservativo defectuoso. Recordó darse una ducha de agua fría. Incluso recordaba haber pensado que a Helen le gustaría acompañarlo. Pero cuando salió del cuarto de baño, ella se había ido.

–¿Por qué no te quedaste y me lo contaste? –exigió Milos–. ¿Por qué no me preguntaste sobre Eleni, en lugar de salir corriendo como una niña mimada?

–Porque eso es lo que era –replicó Helen–. Una niña. Y cuando me dijiste que habías venido a Inglaterra, no de vacaciones, como habías dicho, sino para hacerme cambiar de opinión acerca de mi padre, supe que las sospechas que mamá había tenido acerca de tus motivos eran ciertas. Aunque no puedo entender porqué pensaste que seduciéndome sentiría más simpatía por Sam.

–No te seduje –dijo Milos–. Así que esa fue la razón por la que te negaste a hablar conmigo de nuevo.

–Entre otras cosas –Helen sonaba abatida–. Lo sentí por tu esposa. Parecía realmente agradable. Recuerdo que me inventé una excusa de que salíamos a cenar y olvidaste algo. Le dije que estabas en el cuarto de baño, pero no quería molestarte.

–¡No me lo puedo creer! –Milos estaba furioso–. Esa mujer ha hecho de la manipulación un arte refinado. Te mintió, Helen. Si te hizo creer que yo la traicioné, estaba mintiendo. Deberías haberle preguntado en la cama de quién iba a dormir esa noche. Te garantizo que no habría sido la nuestra.

–¿Y eso excusa lo que hiciste?

–Nunca he dicho eso.

–No, pero prueba que mi padre y tú erais iguales.

–¡No! –Milos soltó una palabrota–. Sam no sabía nada de eso. Aún no lo sabe. Me habría matado si hubiera sospechado lo que hice.

–¡Un hurra por mi padre! –dijo Helen irónicamente.

–Confió en mí y yo lo traicioné –dijo Milos, suspirando.

–Y él traicionó a mi madre –replicó ella–. Eso te deja incluso muy bien a ti.

–No fue lo mismo –dijo Milos, encogiéndose de hombros.

–No. Sam se divorció y se casó con Maya.

–Me refiero a que nuestra... relación; aventura; como quieras llamarlo... fue demasiado corta.

–¿Y de quien fue la culpa?

–Pues no fue mía. Intenté verte otra vez, Helen. Sabes que lo hice. Pero te escondiste detrás de tu madre, y tuve que volver a Grecia.

–¡Qué cómodo!

–En absoluto fue cómodo –dijo Milos duramente–. No sabía que Eleni te había llenado la cabeza de mentiras. Y tenía trabajo que hacer, gente que dependía de mí para vivir. Habías dejado bien claro que no querías nada que ver conmigo.

–Bueno, es demasiado tarde ahora Es una pena que no me dijeras la verdad al principio. Habría evitado...

Se paró abruptamente, casi como si tuviera miedo de haber hablado demasiado.

–Hubiera evitado... ¿qué? – Milos le incitó a terminar la frase, sintiendo que estaba a punto de conocer algo significativo. Dio un paso hacia ella–. Helen...

–Creo que ahí viene el café que pediste –dijo rápidamente, cambiando de tema. El ama de llaves entró cuidadosamente en la terraza con una bandeja.

–¡*Theos*! –la frustración casi paralizaba a Milos y tuvo que controlarse para no soltar su furia sobre la anciana–. Déjelo en la mesa –ordenó secamente, y Andrea inclinó su canosa cabeza con sumisión.

–*Afto ineh ola, kirieh* –preguntó, mirando por encima a Helen apresuradamente mientras habló.

–*Ineh mia khara, efkharisto*. Está bien, gracias –dijo Milos, sonriéndole–. *Tipoteh alo*.

La anciana le devolvió la sonrisa y, con otro breve vistazo a Helen, los dejó solos.

–¿Leche y azúcar? –preguntó Helen educadamente, haciendo una parodia de la ceremonia, y Milos quiso levantarla de la silla y forzarla a que terminase lo que iba a decir.

–Tal como está –dijo fríamente, observando cómo vertía la bebida espesa y aromática en una fina taza de porcelana. No pudo evitar que le gustase el hecho de que su mano temblara cuando le dio la taza.

Se dio cuenta de que, aunque se sirvió café para sí,

no lo bebió. En lugar de eso, tomó una de las pastas y se la llevó a la boca.

Milos habría jurado que no le iba a distraer otra vez, pero su estómago se sacudió cuando Helen sacó la lengua para rescatar una migaja del labio inferior. Había algo distintamente sensual en el modo en el que disfrutaba la pasta, y Milos puso la taza en la bandeja con una mayor sensación de impotencia.

Como si sintiera la frustrada mirada de Milos, Helen se terminó la pasta y se puso en pie de nuevo. Pasó despacio a su lado y fue hacia los escalones de la piscina donde había estado antes.

—¿Hablabas en serio cuando lo dijiste? —preguntó Helen—. ¿Acerca de que me bañase en la piscina?

—Si es lo que te gusta... —dijo Milos, tras ahogar un gemido y apretar la mandíbula.

—Me gustaría que me volvieses a llevar a la casa de campo de tus padres. Pero como estoy aquí... Desgraciadamente, no traje ningún bañador.

—¿Y es eso un problema? —Milos no pudo resistir desafiarla, pero ella se saldría con la suya.

—No para ti, quizás —dijo Helen bruscamente, y a él le gustaba ver que la había desconcertado—. No estoy acostumbrada a quitarme la ropa delante de desconocidos.

—Yo tampoco —observó Milos suavemente mientras veía cómo ella apretaba los labios.

—Tampoco delante de desconocidas —replicó ella—. Tengo un poco más de respeto por mí misma que antes.

Señaló con la cabeza la hilera de cabañas de madera situadas al final de la piscina.

—Creo que allí encontrarás todo lo que necesitas —dijo él.

La duda cruzó un momento la cara de Helen, pero comenzó a bajar los escalones de piedra.

Salió de la cabaña más grande unos minutos más tarde. El diminuto bikini que había elegido era azul oscuro y blanco. Rápidamente se fue a la piscina y ejecutó un perfecto salto.

Milos estaba impresionado. Obviamente, Helen era una gran nadadora. Bajó los peldaños para así estar en su línea de visión.

Sin embargo, Helen lo ignoró. Cuando alcanzó el final donde estaba Milos, simplemente dio la vuelta y nadó en la otra dirección.

Milos se quitó la camisa, y se quitó las botas que originalmente se había puesto para montar en la Harley. Se desabrochó y bajó los vaqueros, y entonces metió los pulgares en sus calzoncillos. Pero en deferencia a la sensibilidad de su huésped, no fue más allá. Mientras ella nadaba hacia él, Milos se tiró al agua.

Al caer ruidosamente en el agua, Milos hizo que Helen perdiera el ritmo. Se quedó quieta un momento antes de darse cuenta de lo que él había hecho. Lo miró indignada, casi como sino tuviera derecho a usar la piscina, antes de girarse abruptamente hacia los escalones.

–¡Espera!

Milos la agarró del brazo cuando se iba a separar de él. Ella luchó un momento antes de darse cuenta de que estaba perdiendo el tiempo, y Milos se aprovechó de su consentimiento para atraerla hacia él. La dejaría marchar cuando él quisiera, pensó severamente, pero su cuerpo ya lo estaba traicionando.

No podía evitar ser consciente, al tocarla con los dedos, de lo suave que era su piel.

–¿Qué quieres? –exigió Helen, y Milos se preguntó si solo se había imaginado el débil temblor en su voz. Entonces añadió, tomando aliento–: ¿Llevas puesto algo?

–¿Qué tipo de pregunta es esa? –Milos tuvo que sonreír, ante tan imprevistas palabras.

–Una bien simple –replicó Helen, recogiéndose el pelo mojado–. No te vi entrar en la cabaña.

–Eso es porque no lo hice –reconoció Milos–. ¿Te importa?

–No –replicó ella, manteniendo las distancias con él–. No es que sea algo que no haya visto antes.

Milos se ofendió por ello. Y dijese lo que dijese, él sabía que su proximidad no le era tan indiferente como le habría gustado hacerle creer. Sin embargo, aún estaba preparado para ser generoso.

–De acuerdo, pero simplemente para tranquilizarte, puedo decirte que no estoy totalmente desnudo.

–Bien –Helen se encogió de hombros–. Pero tienes que admitir que es exactamente el tipo de treta que utilizarías.

–¿Así que piensas que estoy mintiendo?

–No dije eso.

–Pero lo piensas –contestó bruscamente Milos, suprimiendo el deseo de zarandearla. Tomó aliento–. Puedes confiar en mí. No te estoy mintiendo.

–Me da igual.

La insensible despedida fue humillante. Y cuando Helen giró la cabeza, él estalló. Hasta ese momento había sido más que paciente, se aseguró a sí mismo. Pero ella tenía la determinación de provocarlo.

Sin pensar realmente las consecuencias, tiró de ella hacia él. Trabando una pierna entre las suyas, la hizo tocar íntimamente la parte inferior de su cuerpo. Entonces le dijo con el ceño fruncido:

–¿Me crees ahora?

La había pillado por sorpresa y su respuesta inicial fue poner un brazo tembloroso alrededor de sus hombros para mantener el equilibrio. Sus dedos agarraron salvajemente el pelo de su nuca, de modo que su delgado cuerpo se curvó instintivamente hacia el suyo.

Ella estaba tan cerca, que él podía sentir el traidor empuje de sus pezones presionando su pecho. De repente quiso verla desnuda. Metió los pulgares dentro del top y lo empujó hacia su cintura. Sabía que la parte de abajo del bikini no sería un impedimento. Sería cuestión de hacer lo mismo.

Intentó calmar sus sentidos. Esa no era la razón por la que la había llevado allí, se recordó a sí mismo. Acalorándose no iba a solucionar nada.

Pero agarrarla así le trajo recuerdos de por qué había actuado de un modo tan poco convencional con ella hacía años. Desde que se conocieron, ella había ejercido una poderosa fuerza sobre sus sentidos, y hacerle el amor había sido tan natural como respirar.

Un hombre más cuerdo y calculador habría usado la situación en su favor y le habría preguntado directamente quién era el padre de Melissa. En su actual estado de agitación, dudaba que hubiera tenido tiempo para inventar una respuesta.

Pero cuando ella le echó la cabeza hacia atrás, su excitación aumentó. Teniendo a Helen jadeando acaloradamente a su oído y con los tirantes del bikini cayéndole por los brazos, tirando peligrosamente del top hacia abajo, hacia la exposición total, en lo único en lo que pensó fue en vengarse. El incontrolable ímpetu de la sangre en su ingle fue la gota que colmó el vaso y todo pensamiento de dejarla ir fue estéril.

–*Ya Theos*, estate quieta –murmuró Milos, haciendo un fútil intento por controlar sus emociones. Pero estuvo perdido cuando le vio la cara ruborizada.

Con los suaves labios separados y un poco de color en las mejillas, estaba irresistible. Con un gemido de derrota, sucumbió a la necesidad que sentía dentro de él, e inclinando la cabeza, capturó sus labios con los suyos.

Capítulo 10

LOS labios de Helen se separaron de los suyos, y, poniendo la mano en su nuca, Milos profundizó el beso. Presionando la lengua entre sus dientes, olvidó completamente que se mantenían a flote solo por su esfuerzo. Se hundieron al fondo de la piscina, con las bocas aún pegadas la una a la otra.

Fue una experiencia increíble. Milos nunca había sentido nada como el vertiginoso júbilo que llenó su cabeza cuando los dedos de Helen agarraron su nuca, indicando su sumisión; y ni siquiera el zumbido en sus oídos, recordándole la falta de oxígeno, le impidió dejarse llevar por el deseo.

Su mano bajó por su cuerpo, rozando sus pezones antes de llegar a su pelvis. Él abrió sus piernas, atrayéndola hacia sí, dejándole sentir su erección. Se frotó contra ella, pero sus pulmones necesitaban aire, y, a juzgar por el comportamiento sumiso de Helen, esta no iba a salvarlos. Con un sentimiento de arrepentimiento, tomó impulso con los pies y los envió rápidamente hacia la superficie.

En unos segundos, ella se había separado de él. Helen agitó salvajemente el agua y se dirigió a los escalones antes de que Milos pudiera pararla, ya que este necesitó bastante tiempo para recuperarse.

Hizo una pausa, inclinándose hacia adelante derrotada por el esfuerzo. Estaba tosiendo, agarrándose las rodillas, intentando aspirar aire con sus pulmones ardientes. Entonces lo miró atormentada.

–Tú... loco... estúpido –consiguió decir con dificultad, su voz ronca por el agotamiento–. ¿Qué pensabas que estabas haciendo, en el nombre de Dios?

–Bueno, intentar que no te ahogases –dijo cansado Milos, tras tomar aliento y nadar tranquilamente a su lado, antes de que ella subiera los escalones–. Tranquilízate, no ha pasado nada.

–Simplemente... permanece lejos de mí –le dijo insegura, pero Milos podía ver que Helen no sabía qué hacer por el modo en el que sus ojos miraron la hilera de cabañas. La seguridad debía estar en la casa, pero su ropa estaba en la cabaña.

Milos salió de la piscina.

–Lo siento –dijo Milos, aunque le dolió decirlo–. Supongo que piensas que eso no debió ocurrir.

–¡Maldita sea, claro que sí! –su voz tembló, pero Helen tenía la determinación de no echarse atrás.

–Entonces no deberías haberme provocado –replicó Milos, alzando los hombros.

–¿Por qué pregunté si llevabas... bañador? –exclamó acalorada, tras bufar de indignación.

–No. Porque no me creías –dijo él tranquilamente–. Como puedes ver, estoy adecuadamente cubierto.

No fue la cosa más sensata que se podía decir. Cuando los ojos de Helen fueron automáticamente a sus calzoncillos, el traicionero cuerpo de Milos no pudo evitar responder. Y ella se dio cuenta.

–Tú... no tienes vergüenza –dijo ella, llevándose los brazos de forma protectora al diafragma–. ¿No... piensas en otra cosa que no sea el sexo?

Milos la observó con incredulidad. Ella había estado tan involucrada como él en lo que había pasado.

Pero, ¿qué había de nuevo en ello?

–Tú... me diviertes, ¿sabes? –dijo Milos entre dientes– Te engañas al pensar que no tuviste nada que ver cuando hicimos el amor hace catorce años, y estás haciendo lo mismo ahora.

–No, eres tú quien se está engañando –le replicó Helen–. No quería venir aquí, Milos. Tú hiciste que viniera. Y ahora me gustaría volver.

–Me lo imagino –murmuró Milos, mientras se dirigía a los escalones y la agarró de la cintura. Entonces, por tercera vez ese día, se maldijo por cubrir su temblorosa boca con la suya.

Hubo un momento en el que Milos pensó que ella se iba a resistir. Sus manos subieron y empujaron dolorosamente sus hombros, pero su furia no duró mucho. Cuando su lengua invadió su boca, profirió un pequeño gemido desamparado de sumisión. En ese momento abrió las manos y asió sus brazos como si se salvase de caer.

El recuerdo de lo que compartieron una vez fue como fiebre en su sangre. Estaba ciego para todo lo que no fuera tenerla de nuevo. Quería saborearla, seducirla, mostrarle que lo que hubo entre ellos no había terminado en absoluto.

Con un gemido vibrando en el pecho, Milos metió los pulgares dentro del top, bajándolo lo suficiente como para poder lamer entre sus senos. Ella se derritió entre sus manos, balanceándose desamparada contra él. Ella estaba también haciendo unos pequeños sonidos sensuales.

Milos sabía que ella ya no controlaba sus emociones. Sintió una ola de satisfacción al pensar lo fácil que había sucumbido Helen a sus deseos.

Sus ojos se posaron en sus pechos, e inclinando la cabeza, bajó el bikini lo suficiente para meter un pezón en su boca. Lo hizo vibrar con la lengua, y oyó los gemidos de placer que estaba haciendo. Pensó cómo reaccionaría si deslizase las manos por la parte de abajo del bikini.

Pero antes de que pudiera hacerlo, antes de acercarla aun más a su erección palpitante, el sonido de aspas de rotor girando inundó el aire. Estaban acompañadas por el estruendo de poderosos motores, y Milos no necesitó ninguna bola de cristal para saber lo que presagiaban.

Entonces soltó una palabrota en griego, pero las palabras que utilizó apenas eran adecuadas para describir su frustración. Ya no podría descubrir más el delicioso cuerpo de Helen.

De mala gana, cubrió sus senos con el top y puso las manos en sus hombros. De algún modo, tenía que salvar la situación antes de que el piloto del helicóptero saliera del avión. No iba a ser fácil con Helen mirándolo con incomprensión. Había tantas cosas que él quería hacer con ella, tanto que aún tenía que decirle. Y entonces, *skata*, era demasiado tarde. Especialmente para decirle cómo le hacía sentirse.

–Lo siento –dijo Milos, e inmediatamente supo que había dicho la cosa equivocada.

–Lo sientes –repitió Helen–. Oh, sí. Eres muy bueno diciendo que lo sientes después de que ocurran las cosas.

–No comprendes...

–Oh, creo que sí.

–Mi helicóptero está aquí –dijo apretando los dientes–. Acaba de llegar. ¿No lo has oído? Ha venido para llevarme a la conferencia de Atenas.

–¿Dónde está Milos?

Helen apretó los labios. Qué irónico que eso tuviera que ser la primera cosa que Melissa preguntase cuando Rhea y ella volvieron a la casa de San Rocco.

–Se está preparando para partir a Atenas –replicó Helen, sorprendida de que pudiera responder la pregunta tan fríamente–. Estaba... Estábamos en Vassilios cuando su helicóptero llegó.

–¡Su helicóptero! ¡Guau! –Melissa estaba impresionada. Se giró hacia Rhea, que estaba justo detrás suya– ¿Es de veras su helicóptero?

–Pertenece a la empresa –dijo Rhea, mirando a Helen–. Es más adecuado que un avión.

–¡Guay! –exclamó Melissa– Imagínate tener un helicóptero que puedes usar cuando quieras.

–De cualquier manera, dijo que todos lo sabíais –intervino Helen, dirigiéndose a Rhea–. Os envía sus disculpas por no haber podido despedirse.

–Va a una conferencia sobre la reducción de la contaminación del petróleo –asintió Rhea, como ausente. Sus ojos estaban aún pensativos–. ¿Tuvo tiempo para traerte de vuelta?

–No. Stelios lo hizo.

Pero Helen no quería pensar sobre eso. Saber que aún podía oler el agua de la piscina en su cuerpo, que aún podía sentir el tacto posesivo de las manos y la boca de Milos era bastante. ¿Qué debía de haber pensado cuando se metió precipitadamente en la cabaña y se puso la ropa sin ni siquiera darse una ducha? ¿Qué se suponía que debía entender de la expresión de su cara cuando él se vio obligado a despedirse con gente delante?

–Supongo... que también deberíamos irnos –Helen intentó hablar de manera despreocupada.

–Pero no hemos comido –objetó Melissa, girándose a Rhea–. Dijiste que Marisa lo tendría todo preparado.

–Y lo dije en serio –se defendió Rhea–. El ama de llaves de mi madre se ofenderá mucho si le niegas la oportunidad de mostrar sus cualidades culinarias –le insistió a Helen.

–Bueno... –dudó Helen, y Melissa aprovechó la oportunidad para hablar de nuevo.

–Vamos, mamá –insistió–. No tienes otra cosa que hacer.

Lo que era verdad, admitió Helen en silencio. Si Milos ya había dejado la isla, no tenía que preocuparse de que apareciese inesperadamente. Debería sentirse aliviada porque se había ido. Pero como realmente se sentía era derrotada.

–De acuerdo –dijo finalmente, ganándose un grito de placer de Melissa. Su padre esperaba que se quedasen, después de todo, y así se ahorraría un montón de innecesarias explicaciones.

Creía que encontraría difícil hablar con la hermana de Milos, pero no lo fue. Evidentemente la chica había decidido que no era culpa de Helen que su hermano los hubiera abandonado, e hizo un esfuerzo por ser amable.

Habló sobre sus estudios y sus planes para establecer su propio negocio de decoración de interiores tan pronto como se graduase. Su padre había accedido a financiarla el primer año, y Helen pensó lo afortunada que era Rhea al tener unos padres tan cariñosos y atentos.

Le hizo preguntarse si las cosas habrían sido distintas si no hubiera excluido a su padre de su vida. ¿Le habría recomendado que se casase con Richard si le hubiera confesado lo de su embarazo?

Por supuesto, si su padre no se hubiera ido con otra, nunca habría conocido a Milos. Nunca se hubiera quedado embarazada de un hombre cuya identidad había mantenido en secreto incluso a su madre...

–¿Adónde vas?

Sheila Campbell dejó de ver la televisión cuando Helen apareció por la puerta del salón. Obviamente estaba sorprendida de ver a su hija vestida y preparada para salir cuando anteriormente no le había dicho nada de tener una cita.

–He quedado con Sally en una cafetería –dijo Helen rápidamente, soltando la primera mentira que le vino a la cabeza. Había pensado en poner a Richard, por aquel entonces su novio, como excusa, pero más tarde su madre preguntaría a Richard y ella no debía averiguarlo.

–¿Sally? ¿Sally qué? –Sheila frunció el ceño.

–Sally Phillips –respondió Helen, esperando sonar convincente–. Está en mi grupo de tutoría de inglés.

–¿Oh? –Sheila se encogió de hombros y volvió a mirar la televisión– Bueno, no olvides que mañana tienes que ir al instituto. Espero que vuelvas antes de las diez y media.

–¡Oh, mamá! –Helen suspiró resignada–. No soy una niña, lo sabes.

–Pero aún eres una estudiante. Y no tengo tiempo para sacarte a rastras de la cama por la mañana. De cualquier manera, pensaba que me habías dicho que preferías ver a Richard los fines de semana.

–Pues sí. No voy a ver a Richard Shaw. Como te he dicho, voy a una cafetería. ¿Te parece bien?

–Oh, vamos... Pásatelo bien. Pero no pierdas el último autobús.

–No lo haré –dijo Helen con sentimiento de culpa, preguntándose si Milos la traería de vuelta.

Se iban a encontrar en el bar de su hotel y Helen se preguntaba si había sido inteligente accediendo a eso. Pero al menos podía estar razonablemente segura de que no veía a nadie conocido en el Cathay Intercontinental.

Simplemente esperaba que lo que llevaba puesto no pareciese totalmente fuera de lugar. Le habría gustado llevar puesto su nuevo vestido y la chaqueta de ante que había estado reservando varios años, pero eso habría sido estúpido y lo sabía. La última cosa que quería era que su madre sospechase algo, por lo que los vaqueros ajustados y el anorak negro servirían. Pero se había puesto la camisa de seda púrpura que su madre le había regalado en su último cumpleaños debajo de el anorak.

Lo que la hizo sentirse realmente furtiva y no le gustaba. No era mejor que su padre, pensó, teniendo secretos para su madre.

Pero cuando entró en el vestíbulo del Cathay Intercontinental y vio a Milos esperándola cerca de la entrada, se alegró egoístamente de haberla engañado. Estaba tan elegante con el traje oscuro y el suéter, que apenas podía creer que aquel hombre estuviera esperándola.

Fue a su encuentro en seguida, con sus ojos oscuros e inquietantes haciendo que todo su cuerpo se sintiera acalorado y vivo.

–Hola –le dijo suavemente, y aunque no hizo ningún

intento por tocarla, Helen sintió como si sus manos hubieran tocado cada centímetro de su piel–. Me alegro de que hayas venido. Me preguntaba si lo harías. Tenía miedo de que tu madre te hiciera cambiar de idea.

–No sabe que estoy aquí.

Pensó lo patética que debió de parecerle a un hombre como él. ¡Dios mío! Pensaría que ella no tenía voluntad propia. O que tenía miedo de contarle a su madre algo que sabía que no le gustaría.

–¿Entonces dónde cree que estás? –preguntó Milos.

–En una cafetería –respondió rápidamente Helen. Se movía algo incómoda ante su curiosa mirada–. Supongo que piensas que soy una estúpida al no decirle adónde iba a ir.

–Pienso que probablemente fue muy sabio –dijo secamente Milos, tras sacudir la cabeza–. Tuve la inequívoca impresión de que no le gustaba a tu madre.

–Tiene alguna razón, ¿no crees? –dijo tristemente Helen.

–¿Porque te he invitado a tomar una copa conmigo? –preguntó él–. Seguramente eso no es tan imperdonable. Quiero conocerte mejor. Espero que podamos ser amigos.

–¿Amigos? –soltó Helen, pero no albergaba ninguna ilusión de que su madre algún día le permitiera ser amiga de un hombre que trabajaba para su padre.

–Permíteme tu abrigo –le dijo en ese momento, y aunque Helen supuso que debería dejárselo puesto, solo por si acaso, se desabrochó obedientemente la cremallera. Además, podía darse cuenta de que el anorak estaba totalmente fuera de lugar. Al menos la camisa era nueva y elegante.

Depositaron el anorak en el guardarropa y Milos la condujo hacia el bar, que estaba al lado del famoso restaurante. Un camarero buscó inmediatamente una mesa en la esquina; Milos se aseguró de que se sentara confortablemente y encargó champán.

Echando la vista atrás, Helen se dio cuenta de que no debería haber bebido nada de champán. Por un lado, no era lo suficiente mayor para beber alcohol, y por otro, nunca había probado alcohol antes, salvo la cerveza. Y eso solo en una fiesta donde hubiera parecido una remilgada si se hubiera negado. Pero en esa ocasión no le había gustado su sabor y vació la mayor parte de la botella por el retrete.

El champán, como descubrió, era diferente. Era mucho más dulce, y las burbujas hacían un ruido sibilante y agradable en su lengua. A lo que había que añadir que parecía darle confianza, y se encontró charlando sobre las asignaturas que tenía, y sobre sus ambiciones de futuro, con una desconocida falta de reticencia.

En nada de tiempo, fueron las ocho de la noche, y cuando Milos la invitó a quedarse y cenar con él, hubiera sido maleducado negarse. Además, no quería. Le gustaba estar con Milos; le gustaba que la mirasen con envidia las mujeres. Pero lo que más le gustaba era que Milos la hacía sentirse como una mujer, una atractiva mujer con la que estaba orgulloso de poder estar.

Milos llamó al camarero y preguntaron si había una mesa libre en el restaurante. El hombre contestó que no había mesa hasta las nueve y media, a lo que Helen insistió que era demasiado tarde.

–¿Podría enviarnos a su superior? –preguntó Milos, educada pero un poco autoritariamente, pensó Helen, y casi inmediatamente el maître se presentó, con apariencia un poco avergonzada al tener que decepcionar a un cliente aparentemente importante.

–Sabíamos que estaba alojado en el hotel, señor Stephanides –dijo, moviendo con timidez las manos–. Pero no reservó ninguna mesa, señor, y otro de nuestros huéspedes, el príncipe Halil Mohammad realizó a última hora una reserva para su séquito y él. Lo siento mucho, señor.

Milos lo estaba observando fríamente.

–Supongo que no habrá considerado cenar en su suite, señor Stephanides. Me encantaría organizar para usted una cena privada. Con los cumplidos de la dirección, por supuesto –sugirió el maître..

Helen se ruborizó. Sabía que lo que decía el hombre era razonable. Si Milos tenía una suite de varias habitaciones, entonces no estaba sugiriendo que fueran a cenar en el dormitorio de Milos. Pero antes de que pudiera hacer algún comentario, Milos intervino:

–Creo que no –dijo, obviamente esperando que ella fuera a poner objeciones–. Supongo que tendré que disponer otra cosa.

–A mí no me importaría.

Helen apenas podía creer que hubiera dicho eso.

–¿Estás segura?

Milos la estaba observando en ese momento, y ella sintió la excitación que había sentido anteriormente agitándose en su interior. Podría ser el champán, pero no se arrepentía de haber ido allí.

–Estoy segura –dijo Helen, con la esperanza de no tener que lamentarse de su imprudencia–. Gracias.

Capítulo 11

LOS apartamentos de Milos estaban en el ático del hotel. Era una suite con puertas dobles que se abrían a un gran salón. Dentro de él había otras puertas, una de las cuales conducía al que obviamente era el dormitorio. Helen se estremeció al cerrarse la puerta detrás de ellos.

Habían ordenado la cena en la planta baja y el camarero les había asegurado que no tendrían que esperar mucho tiempo para cenar. Helen miró a su alrededor, y se sintió aliviada cuando vio que había una mesa junto a la ventana, lo que apuntaba que era bastante corriente servir comidas allí.

–¿Quieres algo de beber mientras esperamos? –sugirió Milos mientras Helen permanecía inmóvil cerca de la ventana–. Vino, quizás. ¿O preferirías escuchar música? –añadió. Se inclinó sobre un sofisticado equipo musical y unos momentos más tarde el sonido rítmico de Santana inundó la habitación.

–Oh, me encanta –dijo Helen, incapaz de evitar el movimiento que despertaba la música en su cuerpo–. ¿Es tuyo el CD?

–Sí –respondió Milos, yendo a su encuentro con los brazos extendidos–. ¿Quieres bailar?

–¿Bailar? –respondió Helen recelosa.

–¿Por qué no? –preguntó Milos, tomando sus manos y arrastrándola hacia delante para seguir el ritmo contagioso de la música– .Tu cuerpo obviamente lo quiere.

–Simplemente... nunca antes había hecho algo así –confesó, mojándose los labios.

–Lo sé –dijo Milos–. Pero es divertido, ¿a que sí?

–¿Divertido? –respondió Helen jadeante.– Sí. Sí que lo es.

–Bien.

Un golpe en la puerta los interrumpió.

El camarero llegó con un carrito y comenzó a poner la mesa. Salvamanteles de un color blanco níveo brillaban, una cubertería de plata centelleaba a la luz de las velas colocadas en la mitad de la mesa, y unas grandes copas de vino del más fino cristal aguardaban a los vinos tinto y blanco.

Se sirvió el primer plato, una crema de cangrejo y langosta, y el camarero retrocedió, esperando las instrucciones de Milos.

–El resto nos los serviremos nosotros –le dijo Milos. Instantes después, quedaban de nuevo solos.

Con Milos sentado junto a ella, rozándole las rodillas, y sirviéndole pequeños trozos de lo que él comía, apenas podía percatarse de lo que había en su propio plato. Se había sentido flotar varios centímetros por encima de la mesa durante la mayor parte de la comida, y el ritmo sensual de la música y la mirada de Milos permanentemente dirigida hacia ella, casi hiriente, le había provocado una sensación de mareo en el estomago.

Terminada la cena, Helen tuvo necesidad de usar los servicios, descubriendo entonces que una de las puertas que daba a la sala de estar conducía a un lujoso cuarto de baño. Al salir, vio que el carrito de la comida había desaparecido. O bien Milos había llamado al camarero para que se llevara el servicio, o él mismo lo había dejado en el corredor. La mesa estaba vacía a excepción del vino y los vasos, pero Helen, que había bebido poco, no pensaba tomar más.

Milos estaba de pie junto a la chimenea de mármol blanco cuando ella volvió al salón y se dirigió a las ventanas para desde ellas contemplar las luces de Knightsbridge. Era una vista espléndida.

Estaba tan absorta, que sufrió un gran susto cuando Milos le tocó en el hombro. No se había dado cuenta de que se había acercado hasta ponerse a su lado.

Se giró hacia él sin aliento. Abrió la boca como si le invitase a algo, y vio el modo en el que los ojos de Milos identificaban su expresión.

–*Signomi*. Lo siento –dijo en voz baja–. ¿Te he sobresaltado?

–Me... has asustado –corrigió Helen, consciente de la aceleración en sus latidos. Se aclaró la garganta de forma nerviosa–. Estaba... admirando la vista.

–Yo también –respondió suavemente Milos.

–Um... supongo que debería irme –dijo Helen, medio asustada de su propia reacción a las palabras de Milos. Solo estaba siendo amable, se dijo a sí misma.

–Oh... tienes que quedarte para tomar el café –protestó Milos, señalando con la cabeza el sofá y la bandeja que había en una mesita que antes había pasado inadvertida para Helen–. Sentémonos. Y no te preocupes por cómo volver a casa. He dispuesto que un coche con chófer te lleve cuando queramos.

Helen dudó solo un momento antes de hacer lo que le había sugerido. Pero al sentarse en los suaves cojines no pudo evitar preguntarse cuándo había arreglado lo del coche. ¿Había tenido desde el principio la intención de que cenaran juntos?

Era un pensamiento perturbador y se mordió un labio cuando Milos se sentó a su lado. «¿Qué sabía realmente de ese hombre?», se preguntó a sí misma inquieta. ¿Cómo sabía que podía confiar en él?

El peso de Milos hundió los cojines más que el suyo, y sintió que se había deslizado hacia él. Con toda su ingenuidad, se separó un poco de él.

–¿Podrías servir el café? –preguntó Milos, indicando las tazas. Helen tomó aliento y se incorporó. Había una jarra con café y otra con leche, y dos tazas de porcelana blanca.

Helen mostró delicadeza en la operación, y no pudo evitar que su mano temblase cuando levantó la jarra para servir. ¡Cielo santo, lo iba a derramar sobre el mantel de lino blanco! O eso, o dejaba caer la jarra sobre la frágil porcelana china.

Era consciente de que Milos la estaba observando e irresistiblemente no pudo evitar devolverle la mirada. Lo que fue un error. Como había temido, el café ardiendo se derramó sobre la taza, llenando el plato y salpicando sobre sus vaqueros.

–¡Cielo santo! –exclamó, tanto de dolor como de frustración, y sin dudarlo, Milos tomó la jarra de sus temblorosas manos y la puso en la bandeja.

–Estás herida –dijo Milos ásperamente, agarrando un pañuelo y secando los pantalones–. *Theos*, es todo culpa mía. No debería haber estado observándote.

Helen podría haberle dado la razón, pero no podía dejar que él asumiese toda la culpa de algo que en realidad era su culpa.

–No ha sido culpa tuya –insistió Helen.

–No te preocupes. De todos modos, no me gusta el café inglés. Lo que verdad importa es que no te hayas quemado.

–Oh, estoy bien –respondió tristemente Helen, apartando sus ojos de los de Milos–. Mis vaqueros son los que se ha llevado la peor parte.

Los ojos de Milos bajaron a sus rodillas y Helen sintió un hormigueo nervioso en el estómago. Había tal apariencia de dulzura en su mirada, que se estremeció cuando le tomó las manos.

–¿Estás segura? –preguntó, y por un momento Helen no estaba segura de lo que estaba hablando. Cuando había tocado su hombro anteriormente, se había asustado por su propia reacción, pero eso no era nada en comparación con el modo como se sintió cuando Milos alzó una de sus manos y la besó. Le dio un fugaz beso en los nudillos antes de darle la vuelta y acariciar la palma. Le hizo un masaje con el pulgar con un deliberado movimiento sensual y Helen sintió cómo el calor que estaba generando se extendía a cada extremidad.

Volvió a mirar a Milos, pero trató de apartar su mirada. No quería que él viese lo vulnerable que era, y lo fácilmente que había abierto una brecha en barreras que había tardado años en levantar.

No lo comprendía. Había sido la novia de Richard durante casi dos años y él nunca había conseguido ni de lejos excitarla de esa forma. Oh, se habían besado y acariciado, por supuesto, pero siempre había controlado sus emociones y Richard sabía que ella no se acostaba con chicos.

En esos momentos, sentía humedad entre las piernas, y la sangre que había estado fluyendo por sus venas parecía haberse detenido.

Estaba empezando a darse cuenta de lo imprudente que había sido al ir allí, pero aun así sabía que Milos no haría nada que ella no quisiera. A pesar de sus anteriores dudas, pensó que podía confiar en él. El problema era que no confiaba en sí misma.

Como si sintiera su confusión, Milos eligió ese momento para soltar sus manos.

–Eres muy dulce, *agapi mu* –dijo Milos, dándole una palmadita en la rodilla–. Y tan inocente –continuó, viendo su cara avergonzada–. Me haces sentir cosas que no debería sentir.

–¿Qué cosas? –preguntó ingenuamente Helen, pero ella lo sabía.

–No lo quieres saber.

–Sí que lo quiero saber –le miró con ilusión–. Por favor, me lo tienes que decir –hizo una pausa y añadió provocativamente–. ¿Crees que soy atractiva?

–Sí –dijo suavemente Milos–, te encuentro muy atractiva.

–¿Era por eso por lo que querías verme otra vez? Pensaba que querías hablar sobre mi padre.

–Sí. Y debería –rectificó, un poco ásperamente–. Pero... hemos hablado de otras cosas.

–De mí. ¿Estabas aburrido?

–Mucho –respondió Milos irónicamente–. Esa es la razón por la que te pregunte si querías cenar conmigo.

–Tú no hablas mucho sobre ti, ¿no? –se aventuró a decir Helen, frunciendo el ceño.

–Soy muy aburrido –dijo llanamente Milos, encogiéndose de hombros–. Y ahora creo que debería llevarte a tu casa.

–Aún es pronto –protestó Helen. Echó una mirada hacia el equipo de música–. ¿Podríamos poner más música? ¿Quizás bailar otra vez?

–Creo que no.

–¿Por qué?

–Sabes perfectamente por qué te tengo que llevar a tu casa –le dijo Milos ásperamente, agarrándola delicadamente por el cuello, forzándola a mirarlo–. Por qué tenemos que poner un fin a esto ahora mismo.

–¿Porque te has cansado de mi? –preguntó ingenuamente Helen–. ¿Porque no quieres bailar conmigo de nuevo?

–Eso no es lo que quiero hacer y tú lo sabes –dijo Milos.

–Eso suena amenazador.

–¡Helen! –Milos habló duramente–. No hagas esto más duro de lo que ya lo es. Tú simplemente eres una estudiante de dieciocho años mientras que yo... no.

En realidad tenía diecisiete, pero Helen pensó que no era un buen momento para decirlo. Pero explicaba porque le ofreció champán.

–Tú no eres mayor –dijo ella en cambio–. Y yo no soy novata, sabes.

–¿Adónde quieres llevar esto?

–¿Hasta dónde quieras llegar tú? –Helen estaba siendo deliberadamente provocativa, pero tembló cuando Milos le apretó la nuca.

Iba a besarla, pensó Helen insegura, con la esperanza

de que no tuviera que arrepentirse de ello. Ella quería que él la besase, se dijo a sí misma. Quería tener algún punto de referencia para que, cuando dejara que Richard la besara de nuevo, pudiera juzgar cual de los dos era el mejor.

Pero Milos no la besó. Simplemente la miró con ojos atormentados, y Helen se sintió empequeñecerse tras su perturbadora mirada.

–Sé que no quieres ser cruel –dijo severamente–. Pero, Helen, esto no es un juego. Cualquier experiencia que creas tener, olvídala. Me vas a odiar si te tomo la palabra.

–No lo haré. Me gustas Milos. Y pensaba que yo te gustaba. ¿Qué podría haber de malo en eso?

Fue el último momento coherente que tuvo. Cuando los labios de Milos tocaron los suyos, olvidó todo sobre Richard, sobre sus padres, sobre todo excepto el sensual roce de su boca contra la suya. Cualquier pensamiento racional fue rápidamente hecho añicos por aquellas caricias como plumas.

Su boca jugó con la suya como sus dedos lo habían hechocon los suyos anteriormente. Y, en nada de tiempo, ella lo alcanzó, entregándose las solapas de su chaqueta, dándose al inimaginable placer de sus besos. No estaba exactamente segura de lo que quería, pero quería más.

Murmurando un gemido, la boca de Milos se pegó a la suya, presionando su espalda contra los cojines que estaban detrás de ella. Helen sintió el pulso errático de su corazón palpitando contra el suyo propio a la vez que él profundizaba y alargaba el beso, y rozaba su mano contra su pecho mientras se desprendía de la chaqueta y se aflojaba la corbata.

En ese momento, su lengua acarició su labio inferior, forzando su entrada entre los dientes y metiéndose en su boca. Caliente y húmeda, era insoportablemente sexy. Ignorando a su conciencia que le advertía del peligro, se hundió en los cojines hasta que Milos estuvo prácticamente encima de ella.

Después de desabrocharle la camisa, deslizó la mano dentro y acarició su seno. El calor se extendió por dentro de ella, y cuando Milos inclinó la cabeza y chupó su pezón a través de la tela, Helen no pudo evitar dejar escapar un grito convulsivo.

–¿Te he hecho daño? –le preguntó en seguida Milos, alzándose para mirarla. Pero ella sacudió violentamente la cabeza–. ¿Estás segura?

–Estoy segura –le aseguró con voz ronca Helen, entrelazando los brazos alrededor de su cuello. Entonces añadió tímidamente–: No pares.

–No quiero parar –admitió Milos, cerrando los ojos por un momento. Cuando él descendió de nuevo, Helen sintió la insistente presión de su erección contra su estómago–. ¡Pero esto es una locura! *Theos*... quiero hacerte el amor, Helen. Y esa idea me está destrozando porque no va a ocurrir.

–¿Por qué no?

Helen se oyó formular esa pregunta, pero no se arrepentía de haberlo hecho. Eso era tan diferente de todo lo que había compartido con Richard...

–Porque apenas nos conocemos –le dijo ásperamente–. Y siendo bastante sincero, no me puedo imaginar que tu madre nos permita vernos de nuevo.

Helen tampoco se podía imaginar eso, pero no lo dijo. Sin embargo, le hizo querer prolongar esa tarde por el máximo tiempo posible, y si eso conllevaba lo que estaba pensando que significaba, entonces tendría que ser de ese modo. Tendría que perder la virginidad tarde o temprano, se recordó a sí misma, y prefería que fuera con él que con cualquier otro.

Tomando la cara de Milos con sus manos, lo besó y sintió su mordisco en el labio inferior.

–No puedo hacer esto –dijo sin embargo Milos contra sus labios, y con un juramento ahogado se levantó y se separó de ella.

Helen estaba destrozada. Había pensado que Milos

estaba tan excitado como lo estaba ella, pero era obvio que él aún podía controlar sus sentimientos. Con un gemido de angustia, se puso de lado y se cubrió la cara, repentinamente llena de lágrimas, con los cojines.

–Helen, no hagas que me desprecie más de lo que ya lo hago –dijo Milos con voz atormentada.

–Tú no te desprecias a ti mismo –murmuró Helen con la voz amortiguada por los suaves cojines–. Tú me desprecias a mí –rompió a sollozar–. Nunca debí haber venido aquí.

–Probablemente tengas razón –corroboró duramente Milos. Se acercó a ella, le apartó una lágrima de su mejilla húmeda con el pulgar y le dijo–: *Moro mou*, ¿qué voy a hacer contigo?

–¿Qué quieres hacer conmigo? –preguntó Helen.

–Esa es una pregunta innecesaria en este momento, y tú lo sabes –dijo Milos–. Si te dijera que quiero llevarte a la cama y quitarte toda la ropa para poder verte, saldrías huyendo despavorida.

–¿Por qué?

–Oh, por favor... –Milos sacudió la cabeza–. Ambos sabemos que nunca habías hecho algo así antes.

–¿Cómo lo sabes? –la cara de Helen estaba colorada.

Para responderle, Milos llevó la mano a su sexo, acariciando su feminidad con mano experta y provocándole que se retorciese bruscamente al tocarla.

–Ves –dijo suavemente–. No necesito más pruebas.

–Me... has asustado, eso es todo –protestó Helen, pero Milos la miró con incredulidad.

–Oh, de acuerdo –dijo secamente él–. Te sugiero que te seques los ojos y te llevaré a tu casa.

–No quiero ir a casa.

Milos soltó un juramento y la agarró por los brazos. Se puso de pie y por un breve momento la mantuvo en el aire, apretándola contra su pecho. Finalmente, la bajó al suelo con determinación.

Pero no resultó como esperaba. Cuando Milos la dejó

de pie, los brazos de Helen seguían estando alrededor de su cuello. En realidad, su acción solo había añadido más intimidad.

–*Theos*, Helen –dijo Milos–. Sí, te deseo –añadió, mientras la abrazaba–. Simplemente espero que no te arrepientas de esto por la mañana.

Capítulo 12

RHEA las llevó al viñedo bien avanzada la tarde. Melissa se había quedado dormida después de comer, y aunque Helen quería despertarla, Rhea la persuadió para que cambiase de idea.

–Está cansada –dijo Rhea–. Ha tenido una mañana muy ajetreada. Déjala descansar.

Dadas las circunstancias, Helen decidió no discutir. Pero suponía que los motivos por los que Rhea quería que se quedasen tenían más que ver con querer conocer algo sobre el aparente interés de su hermano por ella y lo que podría significar para su familia.

Habiendo dejado a su hija soñolienta a la sombra en la terraza, Helen aceptó la invitación de Rhea de dar un paseo con ella por el jardín. Un terreno desértico rodeaba la villa, pero su interior era un oasis de color. Terrazas de exóticas plantas y arbustos en flor ocultaban una cascada, y en el nivel más bajo había un banco de piedra debajo de una pérgola cubierta con buganvillas púrpuras.

–¿Nos sentamos? –sugirió Rhea, sentándose sin esperar respuesta. Helen no tuvo más opción que imitarla–. Bueno... ¿desde cuándo conoces a mi hermano?

–¿Perdón? –respondió Helen; a pesar de sus sospechas, la pregunta la sorprendió.

–He preguntado desde cuándo... –empezó Rhea, arqueando las cejas.

–Sí, sé lo que has dicho –Helen tomó un momento para rehacerse–. Simplemente... me preguntaba por qué te interesa.

–Oh... –Rhea pensó unos instantes– Satisfacer una curiosidad de hermana. No me puedo acordar de la última vez que Milos invitó a una mujer a su casa.

–No me ha invitado exactamente a su casa.

–Oh, claro que sí. No me quedó ninguna duda de que él quería hablar contigo a solas.

–¿Entonces por qué no me invitó él mismo? –replicó Helen, sintiendo cómo le ardía el rostro.

–Quizás pensaba que no aceptarías su invitación –sugirió Rhea tras encogerse de hombros.

–No puedo creer eso –rechazó Helen.

–¿De verdad no lo crees? –los ojos de Rhea eran casi tan directos como los de su hermano–. Helen, conozco a mi hermano. En realidad lo conozco muy bien. Fue muy claro sobre lo que quería que hiciera.

–Bueno, siento que creas que te ha utilizado para llegar a mí...

–No he dicho eso –aunque ambas sabían que lo había hecho–. No quiero ofenderte, Helen. Simplemente me gustaría saber cómo os conocisteis. Eso no es difícil de entender, ¿no?

–No –Helen se humedeció los labios–. Pero tu hermano es un... hombre muy atractivo, Rhea. Me imagino que conoce a muchas mujeres en sus viajes.

–Me imagino que lo hará.

Rhea suspiró.

–Pero Milos no es un... ¿cuál es la palabra? Un mujeriego, *¿okhi?* Creo que puedo contar con los dedos de una mano el número de mujeres que me ha presentado.

–Él... nosotros... Lo conocí... oh... En Inglaterra.

–¿*Psemata?* ¿De verdad? –preguntó con los ojos abiertos Rhea.

–Sí, de verdad. Mi... mi padre le había pedido que nos visitase.

–*Katalava.* Comprendo –Rhea asimilaba todo con interés–. Me pregunto por qué no me contó eso.

–Supongo que no lo consideró importante.

–Pero... tuviste que haber sido muy joven por aquel entonces.

–No tan joven. Tenía... unos veinte años.

–Ah –las cejas de Rhea subieron aún más, y Helen se dio cuenta de que exagerando su edad le había dado a Rhea una razón para pensar que podría haber habido algo más que amistad entre ambos.

–De cualquier modo –dijo Helen–, supongo que tú aún estarías en la escuela primaria.

–Supongo –pero en ese momento Rhea no estaba interesada en su pasado–. Milos y tú os conocéis casi desde que Melissa nació. ¿Estabas casada cuando lo conociste?

Eso se estaba complicando aún más, y Helen se afanó desesperadamente por encontrar un salvavidas.

–Te tiene que encantar venir aquí –dijo, señalando la vista–. ¿Quién cuida el jardín? ¿Tu madre?

–Difícilmente –a Rhea se le escapó una risilla tonta–. Si conocieras a mi madre, comprenderías lo improbable que sería eso. Athene no es un ama de casa. Cree que haberle dado cinco hijos a mi padre fue bastante –Helen improvisó una sonrisa de educación, y estuvo aliviada cuando Rhea continuó con otro tema–. Pero sí, me encanta venir aquí. Es mucho más bonito que el apartamento que comparto con una amiga en Atenas.

–Oh, pero seguramente podrías... –Helen dejó de hablar y Rhea terminó la frase por ella:

–¿Vivir en casa? –preguntó–. Bueno sí, podría. Pero quería ser independiente. Por desgracia, mi padre tenía razón. Vivir con ellos habría sido más cómodo.

–¿Así que vienes aquí cuando puedes? No me extraña. Es muy bonito.

–¿Te gusta?

–Mucho –respondió Helen.

–Melissa debía de ser un bebé cuando conociste a Milos –dijo Rhea, frunciendo el ceño, volviendo al tema previo, y Helen ahogó un gemido.

–Supongo... que sí –dijo, odiando tener que mentir, pero incapaz de hacer algo al respecto. Se puso de pie con determinación–. Creo que deberíamos irnos ya.

–Te he puesto en un aprieto –dijo Rhea.

–No –dijo Helen bruscamente–. ¿Por qué...?

–Hablando de Milos –interrumpió suavemente Rhea–. Tuve la sensación de que en vuestra relación había algo más que un encuentro casual.

–Estás equivocada –pero Helen estaba respirando rápidamente y sabía que Rhea se había dado cuenta.

–No estoy sugiriendo que hayáis tenido una aventura –continuó Rhea–. Después de todo, estabas casada. Pero sé lo atractivo que es mi hermano. Y obviamente estaba bastante... intrigado... por ti.

–No.

–Hay algo ahí, lo sé –dijo–, y si no me lo dices, entonces tendré que preguntar a Milos. *Then pirazi*, no importa. ¿Vamos a ver si Melissa se ha despertado?

Al contrario que ella, Helen no quería dejar el tema. Temía pensar lo que Milos le diría si Rhea le preguntase cómo se habían conocido. Y si le daba distintas fechas, era seguro que iba a sospechar. Oh, en qué lío se había metido.

Pero en ese momento no había nada que pudiera hacer o decir para cambiar las cosas, y agradeció que en el viaje a casa Melissa charlase, ya que así no hubo incómodos silencios. La chica se había despertado de su sueño llena de energía y deseosa de concertar otro encuentro con Rhea.

Fue un gran alivio cuando Rhea las dejó en Aghios Petros y se fue. Melissa insistió en ir a despedirla y Sam Campbell, que le había ofrecido a Rhea tomar algo, a lo que ella se negó, invitó a continuación a Helen a acompañarlo a los viñedos.

Se dio cuenta de que solo había sido una excusa para estar solos cuando Sam dijo abruptamente:

–No lo has pasado bien, ¿verdad? Melissa sí, pero tú no.

–Rhea y Melissa tienen más en común entre sí –replicó, esforzándose en hablar con un tono ligero— . ¿Has tenido un buen día?

–¿Es Milos? –su padre era asombrosamente perspicaz o la cara de Helen era patéticamente fácil de leer–. Lo has visto hoy, ¿no es verdad?

–¿Cómo sabes eso?

–¿Importa? –Sam se encogió de hombros.

–Bueno, solo un rato –admitió mordiéndose el labio–. Partió hacia Atenas...

–No hasta esta tarde, seguro –observó tranquilamente su padre–. Habló conmigo hace un par de horas desde el helicóptero –hizo una pausa–. Me contó que te llevo a Vassilios. ¿Te gustó?

¿Que si le gustaba? Helen tuvo un deseo casi histérico de reír.

–Pienso... que es una casa impresionante –dijo finalmente, deseando escapar de todas esas preguntas. Había pensado que se había librado de ellas una vez que Rhea se había marchado.

–¿Fue Melissa contigo?

–No.Rhea y ella se fueron a la playa. Me habría gustado irme con ellas.

–Pero no lo hiciste.

–No.

–¿Por qué Milos te invitó a ver su casa?

Porque Milos insistió en que viera su casa, quiso responder Helen. Pero todo lo que dijo fue que sí, con la esperanza de que Sam dejase el tema. Pero por supuesto, no lo hizo.

–No te gusta Milos, ¿verdad? –dijo Sam, arrancando un racimo de pequeñas uvas verdes y dándoselas a ella para que las probase– Me pregunto por qué. ¿Qué ocurrió entre vosotros dos cuando fue a Inglaterra? Tiene que haberte hecho algo para que te caiga tan mal.

–No es eso –Helen usó las uvas como excusa para cambiar de tema–. Mmm, están deliciosas.

–Aún no están lo suficientemente dulces –dijo su padre secamente– En tres meses, sabrán totalmente diferente –dudó un momento–. Me gustaría que Melissa y tú nos visitaseis en la cosecha. Espero que no sea mi imaginación, pero creo que Melissa ha cambiado desde que llegó aquí.

–Oh, lo ha hecho –afirmó Helen–. Creo que necesitaba una influencia masculina en su vida. Desde que Richard... murió, ha estado más rebelde. Aunque tengo que admitir que no era muy diferente cuando él estaba vivo.

–Nunca habla de él.

–Lo sé –Helen suspiró–. Eso me solía preocupar también.

–Mmm –su padre estaba pensativo–. No parece tener ningún problema para hablar con Milos.

–Apenas lo conoce.

–Yo no diría eso –insistió–. Deberías haberla oído charlar con él la otra tarde cuando estabas hablando con Alex. Creo que le gusta mucho. Simplemente me gustaría que sintieras lo mismo.

–¡Papá!

–¿Qué? –levantó las manos para defenderse–. Milos es un buen amigo mío y de Maya. ¿No es razonable que quiera que mi hija le muestre algún respeto?

–Lo respeto –dijo bruscamente Helen–. Siento que pienses que he sido grosera. No era mi intención.

–No he dicho que fueras grosera con él –la corrigió suavemente Sam–. Pero deberías ver cómo reaccionas cuando menciono su nombre. Te pones inmediatamente a la defensiva.

–No me he dado cuenta de eso –murmuró ella–. Necesito una ducha. ¿Te importaría si...?

–Creo que tú lo atraes –la interrumpió Sam.

–¡No seas ridículo!

–¿Qué hay de ridículo en eso? Fue él quien te invitó a San Rocco, ¿no? No Rhea. Oh sí, me lo ha contado todo. Me dijo que pensaba que rechazarías la invitación si hubieras sabido que venía de él. Y lo habrías hecho, ¿no es verdad? Acabas de probarlo.

–De acuerdo, tienes razón. Habría dicho que no. No creía que fuera buena idea dejar a Melissa que pensara que tenemos algo en común con personas como esas.

–¿Te refieres a Milos y Rhea?

–¿A quiénes si no?

–¿Pero por qué? –preguntó Sam–. ¿Qué problema tienes? ¿Tienes miedo de lo que la gente diría si admitieras estar interesada en otro hombre menos de un año después de que tu marido muriera?

–¡No!

–¿Entonces qué es?

–¡Oh, papá! –por segunda vez en pocos minutos, Helen utilizó la forma familiar de dirigirse a su padre–. Hombres como Milos Stephanides no se relacionan con... mujeres como yo.

–Tienes toda la razón –aseveró una desdeñosa voz detrás de ellos, y Helen se volvió. Vio cómo Maya iba hacia su encuentro a través de la hilera de vides. La mujer hizo otro comentario injurioso en su propia lengua y cuando su esposo le dijo algo, añadió irritada–: *Kalia*, le estás llenando la cabeza a tu hija con tonterías, Samuel. ¿Cuántas veces tiene que decirte Milos que no está interesado en casarse de nuevo? Y tampoco en tener aventuras. ¿No es suficiente para ti?

Helen se había escapado agradecida de que Maya los hubiera interrumpido.

En esos momentos, mientras el agua de la ducha le caía sobre su acalorada piel, tuvo que admitir que había tenido tanta culpa de lo que ocurrió como Milos. Había hecho todo lo que pudo para derribar su control, para ponerle tan a merced de sus sentimientos como estaba ella.

Y tuvo éxito. Supo que se había salido con la suya en

el momento en el que le dijo con su ronca y sexy voz que la deseaba.

Se estremeció al recordar la atormentada mirada de Milos cuando se acercó para tomar su cara entre las palmas de sus manos. Entonces, la agarró de la mano y la condujo a su dormitorio.

Un dormitorio que había sido todo lo encantador que había imaginado, recordó Helen con tensión. Había largas cortinas de terciopelo en las ventanas que hacían juego con la imponente alfombra dorada del suelo. La cama ya estaba destapada, con una colcha plegada primorosamente a sus pies. Había suaves cojines y frescas sábanas de algodón.

Su camisa ya estaba desabrochada y Milos hizo una pausa para tirar de los lazos de su cintura antes de deslizarla por los hombros. Estaba temblando, recordó, cuando se desabrochó los vaqueros, pero no pudo acordarse de ningún momento en el que quisiera irse.

–Tú también –dijo Helen, desabrochándole la camisa, y Milos la complació al quitársela antes de disponerse a quitarle el sostén. Este cayó al suelo, junto a la camisa, y Milos tomó sus senos con las manos, frotando con los pulgares sus sensibles pezones–. ¿Te gusta? –preguntó.

–Mucho –susurró ella, deslizándole los brazos alrededor de la cintura..Los pechos estaban pegados a su torso, y el pelo que crecía allí le hacía cosquillas y la excitaba–. Pero quiero más.

Con manos temblorosas, Helen recordó haber desabrochado a Milos los pantalones, antes de presionar el impresionante bulto por debajo de sus calzoncillos de seda. Recordó lo grande y poderosa que era su erección.

Después, Milos se arrodilló delante de ella, bajándole los vaqueros, y dejando ver las braguitas.

Cuando se puso de nuevo en pie, se bajó los pantalones hasta los muslos y se los quitó de un puntapié. Helen recordó que ese fue el momento en el que fue consciente de su propio cuerpo y del hecho de que estaba delante de él casi desnuda.

Milos había tenido, y aún tenía, un cuerpo delgado y poderoso. Fuertes miembros, un torso musculoso, estómago plano. Y lucía un bronceado natural.

Su beso fue cálido y penetrante. Causó un hormigueo en unos labios que aún estaban hinchados por el asalto previo. Helen no pudo evitar agarrarse a sus hombros al profundizar Milos el beso.

Milos la empujó ligeramente y la llevó a la cama, murmurándole en su propia lengua palabras que incluso en ese momento le causaban escalofríos de excitación que recorrían su espalda…

Helen salió de la ducha, consciente de que se estaba excitando por recordar lo que pasó esa noche.

Cuando Milos se había tendido a su lado, Helen se giró hacia él, con la misma resistencia de una mariposa a una llama. Era la primera vez que veía a un hombre desnudo.

—Me estás poniendo colorado mirándome así –dijo Milos con voz ronca, ocultando su cara entre sus senos.

—¿Sí? –recordó haber dicho, en un patético intento por coquetear, pero las manos de Milos estaban deslizándose por su cuerpo y ella se estremeció.

Cuando los dedos tantearon los rizos de su entrepierna, Helen tuvo que tragarse el sollozo convulsivo que había surgido en su garganta.

Sus instintos la urgían a abrir las piernas y dejarle entrar en ella, pero su conciencia le hizo cerrar las piernas.

—Relájate –dijo Milos, mordiéndole el suave lóbulo de la oreja–. Simplemente relájate. Sabes que lo deseas.

Y sorprendentemente lo hizo. Cuando Milos le quitó las bragas, Helen arqueó la espalda para facilitarle las cosas. Entonces, de alguna manera, sus piernas se abrieron y pudo sentir su propia humedad en sus manos. Milos presionó con los dedos en su interior.

Su pulgar tenía otra tarea que hacer, acariciando la

sensible protuberancia de su feminidad con tal maestría, que Helen alcanzó sin esfuerzo el clímax casi de inmediato. Por supuesto, ella no sabía lo que le estaba pasando. En comparación era inexperta, a pesar de los esfuerzos de Richard al respecto. Recordó haber reído y llorado con asombro cuando él separó sus piernas de nuevo y se puso encima de ella. Tan aturdida estaba, que apenas sintió dolor cuando se introdujo en ella. Y, aunque Milos había dudado brevemente cuando encontró la inequívoca prueba de su virginidad, estaba demasiado excitado como para volver atrás. Además, ella no quería que lo hiciese. Lo quería sentir dentro de ella. Y, pronto, la exquisita excitación comenzó de nuevo a crecer.

Helen tembló en ese momento, conmocionada por ser consciente de lo precisos que eran los recuerdos. Era lógico que lo que ocurrió después hubiera amargado los sentimientos que Milos le había inspirado, pero no era así. Eran tan agudos y devastadores como siempre, causando no solo frustración sino una dolorosa necesidad dentro de ella.

Se preguntó cuántos años había tenido Milos por aquel entonces. ¿Quizás veintidós? ¿Veintitrés? Ciertamente no más de veinticuatro. Aun así había tenido una habilidad y sensibilidad que parecía tan natural en él como el respirar. Le había dado la experiencia más maravillosa de su vida, y la más conmovedora. Echando la vista atrás, era difícil decidir qué era lo más importante.

Había estado segura de que lo sabía. Milos le había hecho el amor con un afecto y una pasión que nunca había experimentado, ni antes ni después. Con su sensualidad innata, se había asegurado de que ella alcanzase igual satisfacción, y cuando su clímax hizo que se estremeciera en sus brazos, ella se alegró de compartir también su placer.

Por supuesto, la llamada telefónica de Eleni había demostrado ser igual de devastadora. O quizás destructiva fuera una palabra más apropiada. Su llamada llegó cuando Helen estaba dormitando sobre los cojines, y su cuerpo y mente estaban aún saciadas por su delicioso acto de amor; al principio no había podido comprender lo que la otra mujer estaba diciendo.

Pronto comprendió, sin embargo, y entonces se dio prisa en vestirse y salir de allí antes de que Milos saliera del cuarto de baño y tuviera que hacer frente a sus mentiras. No se había sentido preparada para hablar con él. Pero estaba absurdamente contenta de que Milos hubiera recogido su anorak del guardarropa antes de que subieran las escaleras. En su prisa por escapar antes de que Milos le pudiera pedir una explicación, el anorak había ocultado multitud de pecados.

Recordó haber bajado en ascensor al vestíbulo y salir del hotel como si el mismo Lucifer le estuviera pisando los talones. Rechazó la oferta del portero de conseguirle un taxi. No se había atrevido a esperar hasta que viniera uno. En lugar de eso, había corrido casi un kilómetro como una loca hasta la estación más cercana desde donde podría tomar un autobús para ir a casa.

Afortunadamente, su madre no había percibido nada anormal. Helen había tenido tiempo en el autobús para terminar de vestirse, abrocharse los botones y peinarse apresuradamente. Además, había llegado a casa antes de las diez y media, como su madre le había pedido.

Los siguientes días no habían sido fáciles para Helen. Cada vez que el teléfono sonaba, corría a responderlo, desesperada por que su madre no descubriese lo estúpida que había sido. Helen no sabía si podía confiar en que Milos no le dijese a su madre que la había visto, y aunque estaba bastante segura de que no le diría a Sheila lo que había ocurrido, no quería tener nada más que ver con él.

Pronto captó el mensaje, recordó. Humillantemente pronto, en realidad. Oh, Milos insistió en que tenía que volver a Atenas porque tenía negocios que atender, ¿pero sería verdad?

Apretó los labios. «¿Lo habría rechazado si hubiera sabido que estaba embarazada?», se preguntó. Probablemente. ¿Cómo podía haber confiado en él, creyendo que ya tenía una esposa esperándolo en Grecia? Eso hubiera sido incluso más humillante.

En lugar de eso, le confesó a Richard Shaw lo que había hecho. Le hizo creer que se había ido a una fiesta de uno de los amigos de su madre y que había bebido mucho. Lo que no estaba tan lejos de la verdad, observó secamente. Solo que Milos Stephanides no había sido un amigo de su madre.

Aun así, Richard la creyó, eso era lo importante, y cuando se ofreció a casarse con ella, Helen optó por la salida más cobarde. La única condición que Richard le impuso fue que debía dejar que todo el mundo, incluida su madre, creyese que el bebé era suyo. Y eso había parecido una petición razonable.

Por supuesto, su madre le dejó claro que la había decepcionado por haberse quedado embarazada. Así se lo dijo, y según su opinión, casarse con Richard era el único modo para poder salvar su reputación.

Sin embargo, con diecisiete años, sabía que era muy joven para dar un paso tan importante. La cosa más sensata habría sido esperar hasta que el bebé hubiera nacido antes de tomar decisiones que alteraban su vida. Pero no pudo hacer eso. No sin apoyo, y su madre le había dejado bien claro su opinión. Y en ese momento, pareció la única solución.

Helen suspiró, quitándose la toalla para ponerse un sostén y unas bragas. Pero antes de ponerse la ropa interior, se quedó un momento observándose en el espejo.

Una mujer madura le devolvió la mirada, y no la inocente muchacha que había sido cuando Milos y ella se conocieron. Aun así, no había cambiado tanto, pensó críticamente. Aún era bastante delgada, y si sus senos eran más voluminosos, era porque insistió en darle el pecho a Melissa durante sus tres primeros meses de vida. Sus caderas estaban más redondeadas también, y podía ver algunas estrías en el abdomen. No era una belleza despampanante, eso era cierto. Entonces, ¿por qué quería Milos verla de nuevo? ¿Por qué la había besado? ¿No había suficientes griegas que satisficieran sus necesidades?

Capítulo 13

PASARON otros cuatro días hasta que Milos pudo volver a Santoros.

La conferencia había sido un gran éxito, con varios países productores de petróleo habían firmado un tratado para reducir la contaminación. Pero debido a ello, todos los delegados tuvieron que quedarse hasta el final, lo que incluía asistir a las celebraciones de la última noche, cuando las esposas de varios de los presentes acompañaron a sus maridos para una cena formal de enhorabuena y discursos.

Milos hubiera preferido no asistir a la cena. No tenía ganas de invitar a alguien para que lo acompañase por la noche. Pero siendo el representante de la compañía no pudo librarse de ello, y pasó la tarde esquivando los intentos de sus compañeros delegados de buscarle pareja.

Fue un alivio subirse a su helicóptero a la mañana siguiente y saber que no tenía más compromisos de negocios en los próximos días. Se llevaba el ordenador portátil, por supuesto, y no tenía duda alguna de que tendría que hacer algunas gestiones. Pero, efectivamente, tenía varios días de libertad y tenía la intención de aprovecharlos al máximo. Con Helen.

Cuando el piloto despegó, Milos sintió una aprensión que no tenía nada que ver con su medio de transporte. Era la ansiedad que estaba sintiendo al pensar que vería a Helen de nuevo, y podría juzgar por sí mismo si lo que había ocurrido el día que partió a Atenas había significado algo para ella. Y si no era así, qué iba a hacer al respecto.

¿Cómo podía sentir algo por una mujer que había mentido constantemente desde que llegó a la isla? ¿Y por qué? ¿Qué estaba intentando proteger? ¿Su culpa? ¿O el recuerdo de su marido?

Ese era un aspecto que no había considerado antes, y no le gustaba. Durante los pasados días, siempre que su mente no había estado ocupada, sus pensamientos habían ido constantemente a Helen. Y contemplar la posibilidad de que aún amase a su marido fallecido le desgarraba el corazón.

También había pensado en Melissa, por supuesto, pero en su mente, el futuro de la chica estaba tan atado al de su madre que no se preocupó de ella del mismo modo. Naturalmente, quería ser parte de su vida, y no podía negar que había tenido en cuenta el papel que podría jugar para persuadir a Helen para que hiciera lo que él quisiera. Pero no era un hombre rencoroso, y sabía que forzar a Helen a una situación terrible para ella amenazándola con quitarle a su hija no era lo que quería.

¿Entonces qué quería?, se preguntó mientras el helicóptero surcaba las azules aguas del Egeo. Quería, no, necesitaba ver a Helen de nuevo. Ese era su primer objetivo. En verdad, no podía esperar para verla, para hablar con ella, para tocarla.

El piloto aterrizó en Vassilios a las doce, y como de costumbre, Stelios estaba allí para saludarlo.

–Bienvenido de vuelta, *kirieh* –dijo, saludándole en la pista de aterrizaje–. ¿Ha tenido un buen viaje?

–Muy bueno. ¿Está bien de salud Andrea? ¿Le dirás que quiero cenar en casa esta noche?

–¿Solo, *kirieh*? –preguntó amablemente Stelios mientras subían a la terraza.

–Confirmaré la hora en que queremos cenar más tarde –continuó Milos–. Ahora quiero ir a San Rocco para ver a mi hermana.

–¿*Kiria* Rhea, *kirieh*?

¿Y quién si no? –replicó ásperamente, sin paciencia para discutir sus planes– Si me perdonas, Stelios...

–*Kiria* Rhea no está en la casa de San Rocco, *kirieh* –le interrumpió suavemente Stelios mientras Milos se dirigía hacia la casa–. Creo que está en Aghios Petros, con *Thespinis* Melissa.

–¿Qué? –Milos lo miró furioso, pero no era culpa de Stelios que de repente sus planes se hubieran venido abajo–. No sabía eso –probablemente tendría que esperar hasta el día siguiente para hablar con Rhea.

–Creo que ella intentó llamarle ayer por la tarde –continuó Stelios–, pero no respondió el teléfono.

–No –Milos soltó un juramento en voz baja. Había apagado el móvil antes de irse a la cena de despedida–. Simplemente me gustaría que me hubiera avisado antes de decidir dejar la casa.

–Creo que fue una... ¿cómo es?... una decisión de improviso, *kirieh*. Estaba ilocalizable. Supongo que pensaría que era lo mejor.

–¿Lo mejor? –Milos parpadeó.– ¿Qué ocurrió? ¿Incendió la casa o algo parecido?

–No, *kirieh* –no había humor en la expresión de Stelios–. Por lo que yo entiendo, esa se consideró la mejor solución para todos.

Milos estaba empezando a tener un mal presagio de todo eso.

–¿La mejor solución? –exclamó, repitiendo otra vez las palabras de Stelios. Pero necesitaba alguna explicación– ¿La invitó... –odiaba tener que preguntarlo– *Kiria* Shaw a quedarse?.

–¿*Kiria* Shaw? –entonces fue el turno de Stelios de parecer confuso. Un momento después, su expresión se normalizó–. Oh, se refiere a la hija de *Kirieh* Campbell.

–Exacto –Milos intentaba conservar la calma–. La joven que traje a Vassilios hace cuatro días.

–Ah –asintió Stelios–. Pensé que lo sabía. *Kiria* Shaw ha vuelto a Inglaterra.

Decir que Milos estaba pasmado habría sido una descripción insuficiente. Se sentía como si el suelo se hubiera abierto bajo sus pies.

–¿Has dicho que *Kiria* Shaw ha vuelto a Inglaterra? –preguntó con voz ronca–. ¿Cuándo se fue?

–Creo que se marchó al día siguiente de irse usted –replicó Stelios, sin percatarse de la agitación de su patrón–. Eso sería el viernes, ¿no? Sí, usted se fue el jueves por la tarde.

–Sé cuándo me fui –dijo Milos severamente–. Simplemente no entiendo por qué se fue, maldita sea –sacudió la cabeza–. ¿Qué diablos está pasando?

–No tengo ni idea, *kirieh* –dijo, aun cuando Milos estaba seguro de que lo sabía–. ¿Debo decirle a Andrea que quiere comer, después de todo?

–¡No! –dijo Milos frunciendo el ceño, dándose cuenta de que el anciano se había sentido ofendido–. Stelios, sé que sabes mucho más de lo que me estás diciendo. Lo siento si hablo duramente, pero... bueno, esto no es lo que esperaba encontrar.

–Supongo que *Kiria* Shaw tampoco lo esperaba, *kirieh* –replicó Stelios–. Ahora, sobre el almuerzo...

–Vamos –dijo Milos halagadoramente–. Somos amigos, ¿no? Te estaría muy agradecido si me dijeras lo que está pasando.

Stelios encorvó los hombros, medio por resentimiento, medio por resignación.

–Creo que *Kiria* Shaw recibió malas noticias.

–¿Qué tipo de malas noticias? –Milos frunció aún más el ceño–. ¿Tiene algo que ver con su madre?

–Usted dijo que no lo sabía, *kirieh* –se quejó Stelios con reproche–. Si solo quería una confirmación, debería haberlo dicho.

Milos se mordió la lengua para evitar dar rienda suelta a su enfado.

–No lo sabía –dijo entre dientes, felicitándose a si mismo por su tolerancia–. Pero como ella es la pariente más cercana de *Kiria* Shaw, era una suposición racional.

Stelios apretó los labios un momento antes de hablar otra vez.

–Solo son rumores –dijo–. Entiende eso, ¿no es verdad, *kirieh*?

–De acuerdo –asintió Milos–. ¿Qué has oído?

–Tengo entendido que la madre de *Kiria* Shaw ha resultado herida en un accidente de coche, *kirieh* –admitió el anciano de mala gana.

–¿Está gravemente herida? –preguntó Milos, pero Stelios decidió que había dicho demasiado.

–Le sugiero que pregunte a *Kirieh* Campbell –dijo, recogiendo el portatrajes que había puesto Milos en el suelo mientras estaban hablando–. Llevaré esto a su habitación, *kirieh*. Le dará tiempo para decidir si querrá almorzar o no.

A pesar del hecho de que hubiera preferido hablar con Rhea solo, Milos fue al viñedo esa tarde.

Fue Maya la que salió para saludarlo a su llegada.

–Querido –exclamó–, no sabía que habías vuelto.

–Volví esta mañana –dijo Milos, preguntándose cómo podría abordar la razón de su visita. Pero antes de que pudiera decir alguna otra cosa, Maya habló de nuevo:

–¿Y fue un éxito la conferencia? –preguntó, tomándole del brazo para conducirle a la casa–. Hemos oído ciertos detalles en las noticias de la televisión, pero no es lo mismo que estar allí...

–¡Maya!

–¿No es verdad? –continuó Maya, como si Milos no hubiera hablado–. Tengo entendido que el discurso que diste fue brillante. ¿No te felicitó el presidente en persona por ello? Te lo aseguro, estamos tan orgullosos...

–¡Maya! –repitió Milos, soltándose de la mano de Maya–. ¿Rhea está contigo?

–Oh, sí, está aquí –dijo Maya, tras apretar los labios–. Fue idea de Sam, no mía.

–Entiendo. ¿Por qué?

–Sabes que Helen ha vuelto a Inglaterra, ¿no?.

–Oí... algo he oído –concedió Milos, incapaz de negarlo–. Su madre tuvo un accidente, creo.

–Sheila. Sí –la expresión de Maya era seria–. Sam quería ir con Helen.

–¿Y fue?

–No. Le dije que el hecho de que Sheila hubiera tenido un accidente no tenía nada que ver con él. Afortunadamente, entró en razón.

–Quizá solo quería hacerle compañía a su hija –sugirió Milos–. ¿Estaba Helen muy preocupada?

–Sufrió una conmoción, supongo –respondió Maya, encogiéndose de hombros–. Personalmente, no estoy totalmente convencida de que Sheila no haya causado el accidente a propósito. Para empezar, nunca quiso que Helen viniera aquí.

Milos se había imaginado eso, pero pensó que Maya estaba siendo innecesariamente dura.

–Nadie se provocaría heridas deliberadamente, sea cual fuere la razón, ¿no crees? –observó suavemente Milos–. Bueno, ¿cuándo va a volver Helen?

–No lo sé –Maya hizo un gesto de rechazo–. Quizás no vuelva. Supongo que depende de lo grave que esté su madre y si necesita atención constante cuando salga del hospital.

–¿Está en un hospital?

–Oh, sí. Fueron los del hospital los que se pusieron en contacto con nosotros. Naturalmente, Helen tuvo que partir en seguida.

–Pero Melissa se quedó aquí.

–Sí. La hemos atendido muy bien –Maya estaba impaciente–. Ha estado deprimida durante días, desde el momento en el que su madre se fue, en realidad. Creía que se alegraría de alargar sus vacaciones, pero me equivoqué.

–¿Así que es por eso por lo que Sam le pidió a Rhea que se quedase?

–Supongo. Bueno, no te preocupes por eso ahora. Tómate algo y cuéntame todo sobre la conferencia...

–¡Milos! –la voz excitada de Melissa los interrumpió– ¿Cuándo has llegado? Oh, estoy tan contenta de que hayas vuelto.

La chica atravesó corriendo el vestíbulo de entrada hacia ellos y Milos pensó por un momento que se iba a arrojar a sus brazos. Pero se paró bruscamente a un metro de él, mirándolo con evidente alivio.

–Hola, Melissa –la saludó, pensando en lo poco que se parecía a la adolescente petulante que conoció en el ferry. Su pelo liso oscuro ya no tenía reflejos verdes, y su cara estaba limpia de cosméticos. Parecía bronceada y sana, y se parecía tanto a Rhea, que no podía creer que nadie más se hubiera percatado de ello.

Le sonrió tímidamente, y Milos se dio cuenta de que no estaba tan segura de sí misma como parecía.

–Mamá no está aquí.

–Lo sé.

–¿Sabes lo del accidente de la abuela?

–Por supuesto que lo sabe –exclamó Maya, para nada contenta con que su conversación se viera interrumpida–. ¿Dónde está Rhea? ¿Sabe que su hermano está aquí?

–Rhea está en su habitación –dijo Melissa. Se volvió a Milos–. ¿Has venido para llevarnos a Vassilios?

–Por supuesto que no ha venido para llevaros a Vassilios –replicó Maya secamente–. En realidad, estábamos en mitad de una conversación, Melissa. ¿Por qué no vas a buscar a Rhea y le dices... ?

–No hay ninguna necesidad de eso –antes de que recapacitase lo que iba a hacer, Milos agarró la mano de la chica–. Estás muy guapa –dijo, contento al ver cómo se encendían los ojos de Melissa–. ¿Es este un vestido nuevo?

–Rhea me lo compró –respondió, mirando el recortado top y la minifalda con sombras rojas y naranjas–. ¿De verdad te gusta? No es lo que suelo llevar normalmente.

–Ya me había dado cuenta –dijo Milos con una mueca de regocijo. No se había dado cuenta de lo mucho que había querido ver a su hija de nuevo–. ¿Así que te gustaría volver conmigo a Vassilios?

–¿También Rhea? –asintió con ilusión Melissa.

–Por supuesto.

–Eso estaría genial –dijo Melissa, soltando su mano de la de Milos y yendo hacia las escaleras–. Iré a decírselo a Rhea.

–Supongo que te has dado cuenta de que solo estás tratando por todos los medios de satisfacer los deseos de esa chica –murmuró Maya cuando Melissa salió disparada para ir a buscar a la otra chica.

–Se siente sola –dijo Milos tras soltar un suspiro, no queriendo tener una discusión con su prima.

–¿No lo estamos todos? –replicó Maya resentida–. Desde que esa mujer y su hija vinieron aquí, Sam no tiene nada de tiempo para Alex y para mi.

–Eso no es verdad, Maya –sin ellos saberlo, Sam había entrado por la puerta exterior mientras ella estaba hablando, y en ese momento le dirigió a su esposa una mirada de reproche–. Helen y yo tenemos muchos años que recuperar. No creo que tengas que enfadarte porque yo le dedique unas cuantas semanas de mi tiempo.

–No –dijo refunfuñando Maya, mostrando que aún tenía sentimientos. Parecía avergonzada–. Sé que tienes buena intención, Sam. ¿Pero cuánto tiempo esperas que se queden? Creía que iban a venir por unos cuantos días, dos semanas como máximo. En lugar de eso, estás hablando como si quisieras que se quedasen aquí toda la vida.

–Me gustaría –Sam fue lo suficientemente sincero como para admitirlo–. Pero eso no va a pasar, ¿no? Su madre nunca estaría de acuerdo con eso. Así que estoy aprovechando al máximo lo que tengo.

Milos envidió el optimismo sin complicaciones de Sam. Estaba comenzando a darse cuenta de lo que se había perdido. Debería haber hablado, se reprendió a sí mismo, antes de haber salido para Atenas. Sino hubiera estado tan ocupado con sus propias necesidades, sus propios deseos, le habría dicho a Helen que la quería a ella y a su hija.

Una hora más tarde, tuvo la oportunidad de hablar con Rhea. Con Melissa chapoteando en la piscina de Vassilios, pudieron hablar sin ser oídos.

–¿Qué ha pasado exactamente? –preguntó Milos, refiriéndose al accidente de Sheila Campbell.

–Bueno, según su padre, la madre de Helen estaba yendo marcha atrás en ese momento. Aparentemente una furgoneta que venía por la carretera la golpeó. Le dio en el lado y se empotró contra el volante.

–*Theos*, ¿entonces fue grave? –dijo Milos con una mueca de dolor.

–Pues sí –Rhea le echó una mirada–. ¿Creías que no lo era?

–Oh... –Milos sacudió la cabeza– Solo fue algo que dijo Maya. Según ella...

–Pensó que fue una cosa preparada de antemano –terminó ella por él–. Sí, he oído eso también, pero no es verdad.

–Así que... ¿ha tenido Sam noticias de ella desde que volvió a Inglaterra? –titubeó Milos.

–Solo una vez –dijo Rhea, frunciendo el ceño mientras se untaba abundantemente crema solar en los brazos–. Llamó a su padre después de haber estado en el hospital la primera vez. Dijo que nadie podía decirle cuánto tiempo iba a estar allí su madre. Sientes que no esté aquí –no fue una pregunta–. ¿Por qué tengo la sensación de que hay algo que no me estás diciendo?

–No me lo puedo imaginar. Sin embargo, te sugeriría que Melissa y tú permanecierais aquí hasta que su madre vuelva. Hay más sitio, y a Melissa le encanta el agua.

–Su abuelo no va a estar de acuerdo con ello –continuó–. A pesar de lo que Maya opine, tiene la determinación de estar en contacto con ellas de ahora en adelante.

–No voy a cuestionar eso.

–¿Estás enamorado de Helen? –preguntó Rhea– .Si lo estás, ¿no crees que yo debería saberlo? En especial si, como parece, es así desde hace años.

–Estoy seguro de que Helen no te dijo eso –la mirada de Milos volvió a su hermana.

–No –suspiró Rhea–. Pero conseguí que admitiera que os conocisteis hace años.

–¿Qué estás diciendo? –Milos frunció el ceño.

–Bueno, solo que no lo mencionaste cuando nos presentaste. ¿Es un secreto? ¿Es porque estaba casada entonces? –dijo Rhea, un tanto ruborizada; y su hermano se quedó horrorizado.

–¿Qué te dijo exactamente? –preguntó Milos, tratando de calmar su pulso acelerado.

–Bueno, admitió que estaba casada cuando os conocisteis –Rhea se encogió de hombros. Sus ojos se abrieron burlonamente–. Eres un granuja, Milos. Creo que vosotros dos tuvisteis una aventura.

–No hubo ninguna aventura –Milos sacudió la cabeza.

–Pero hubo algo. Admítelo –Rhea lo miró con ojos llenos de complicidad–. No soy estúpida. Cuando admitió que os conocisteis cuando fuiste a Inglaterra, fue una simple cuestión de sumar dos y dos.

–Y hacen tres –dijo Milos secamente–. Olvídalo, Rhea. Te has equivocado completamente.

–¿Cómo? ¿Y por qué dijiste tres? –la joven frunció el ceño– . ¿No querías decir cinco?

–No, quiero decir tres –dijo Milos ásperamente–. *Theos*, Rhea, no sé lo que Helen te ha contado, pero no estaba casada cuando nos conocimos. Ni siquiera estaba embarazada.

Mucho más tarde esa noche, Milos estaba sentado en la terraza, bebiendo un whisky escocés de una botella de su padre. Aristotle siempre pedía whisky de malta cuando venía de visita, y normalmente Milos tenía varias botellas en la casa.

Esa noche, sin embargo, sintió la necesidad de algo más fuerte que su habitual vaso de *ouzo*. Estaba de un humor horrible, causado por el conocimiento de que había desnudado su alma a Rhea. No había tenido la intención de contarle nada sobre Melissa, pero de algún modo no había podido contenerse. La necesidad de defender tanto su propia reputación como la de Helen superó cualquier duda latente que pudiera tener.

Y su hermana había sido maravillosamente comprensiva, aun cuando admitiera que no se había dado cuenta de la semejanza entre Melissa y ella. Aquello no lo tranquilizó exactamente, desgarrado como estaba por sus propias dudas. ¿Qué pasaría si hubiera cometido un error? ¿Y si después de todo Melissa era la hija de Richard Shaw?

Rhea había persuadido a Sam para que permitiese a las dos chicas pasar la noche en Vassilios. Había puesto como excusa querer hablar con Milos sobre sus estudios, y Sam estuvo de acuerdo en que a Melissa le venía bien cambiar de aires.

Ambas chicas estaban en la cama en ese momento, y su ama de llaves estaba disfrutando de la novedad de tener huéspedes en la casa para variar. Andrea tenía hijos y nietos propios, y siempre se había alegrado cuando uno de los hermanos de Milos pasaba la noche allí.

Milos se puso otra bebida y miró el reloj. A la luz de los faroles que colgaban en la terraza, pudo ver que era más tarde de medianoche. Hora de estar en la cama, pensó, aunque no estaba cansado. Estaba abatido después de los sucesos de los últimos días, pero suponía que su mente estaba demasiado activa como para descansar.

—Milos.

No había oído el sonido de pisadas detrás de él. Y era comprensible, ya que Melissa estaba descalza. Llevaba un pijama muy corto de Rhea. Milos se preguntó cuánto tiempo había estado allí observándolo.

—Hey —dijo Milos, dejando a un lado el mal humor y levantándose de la silla donde había estado sentado—. ¿Qué estás haciendo fuera de la cama?

—No podía dormir —dijo Melissa, dando un paso adelante—. ¿Puedo sentarme contigo un rato?

Milos se abstuvo de decir que iba a irse a dormir y le indicó una silla a su lado.

—Hay latas de zumo de naranja en el frigorífico, si quieres una.

—No quiero nada —Melissa se dejó caer en la silla estirando sus piernas desnudas—. Hmm, esto es agradable. Pensé que habría muchos mosquitos.

—Dale tiempo —dijo Milos secamente, volviéndose a sentar—. Así que... ¿por qué no podías dormir? ¿Estás preocupada por tu abuela?

—Supongo —Melissa encorvó los hombros—. ¿Crees que estará bien?

—Los médicos pueden hacer maravillas.

—¿Tú crees? —Melissa sorbió por la nariz—. Espero que tengas razón —titubeó un momento y añadió después—: Me quiere, ¿sabes? La abuela, me refiero. Y aparte de ella y mamá, no tengo a nadie más.

—Seguro que eso no es verdad. Hay mucha gente que se preocupa de ti. ¿Qué me dices de tu abuelo?

—¿Sam? —Melissa reflexionó un momento, pero entonces sacudió la cabeza—. No, solo están mamá y mi abuela —dijo, con una desalentadora convicción—. Odio los accidentes, ¿tú no? No hay ningún aviso ni nada. Solo... solo una llamada telefónica desde el hospital.

–Supongo que es muy duro para ti –dijo amablemente–. Después de lo que le ocurrió a... a tu padre.

–Te refieres a Richard –la cabeza de Melissa se hundió aún más entre los hombros cuando habló–. Richard Shaw no era mi padre –añadió–. Me lo dijo dos años antes de morir.

Capítulo 14

ERAN más de las diez cuando Helen llegó a casa. Las horas de visita del hospital habían terminado hacía tiempo, pero había hecho una parada para comprar comida.

La enfermera a cargo del caso de su madre había sido optimista con que Sheila Campbell pudiera volver a casa en los próximos dos días. La herida de la cabeza había sanado bien, y aunque aún tenía un grave dolor de cabeza, un brazo roto, y varios cortes y contusiones, no estaba grave.

Sheila había estado inconsciente cuando la llevaron al hospital, y se habló de fracturas de cráneo y un posible coma. La herida de la cabeza había sangrado profusamente, aunque le aseguraron a Helen que eso era normal. Sin embargo, su madre había parecido tan grave como Helen se la había imaginado.

Durante los pasados días, sin embargo, la situación había cambiado considerablemente. Tan pronto como Sheila recobró la consciencia, había sido obvio que las heridas no eran graves como en un principio se había temido.

Esa tarde, le avisaron a Helen para que se preparase porque le iban a dar el alta a su madre. La enfermera también le avisó a Helen de que Sheila necesitaría unos días para acostumbrarse a cuidar de sí misma.

Lo que significaba que no podría volver a Santoros. Debería alegrarse por ello, pensó. Las cosas entre Milos y ella eran demasiado complicadas.

Mientras revolvía el bolso para encontrar la llave, sintió a alguien detrás de ella. Reprendiéndose a sí misma por no haber sacado la llave en el taxi que tomó desde el supermercado, se volvió bruscamente, preparada para usar temerariamente sus compras como un arma si tuviera que hacerlo.

Dejó caer la bolsa de plástico un momento después. Vio la cara de Milos e inmediatamente se echó a llorar.

Milos no intentó consolarla. En lugar de eso, encontró la llave y abrió la puerta para que pudiera entrar dentro. Entonces recogió la bolsa del suelo.

Tomando un pañuelo del bolsillo, Helen se secó las lágrimas, humillada por que la viera así. Pero había sido demasiado: la conmoción del accidente de su madre y sus consecuencias, y en ese momento la aparición de Milos. Suponía que necesitaba desesperadamente a alguien que lo reconfortase. Pero dudaba si obtendría algún consuelo de él.

¿Qué estaba haciendo él allí?

Después de encender la luz, cruzó el vestíbulo y se dirigió a la cocina. Él la siguió.

—Gracias —dijo Helen mientras Milos dejaba la bolsa en la encimera—. Pero ha sido una cosa muy estúpida.

—¿Hubiera sido menos estúpido si te hubiera hablado? —preguntó, y Helen se encogió de hombros.

—Probablemente no —corroboró lacónicamente Helen—. Una llamada telefónica habría sido más razonable —cuadró los hombros y le hizo frente—. ¿Qué estás haciendo aquí a estas horas de la noche?

—No habría sido a estas horas de la noche, como dices, si hubieras llegado a casa a la hora esperada —dijo suavemente, tras suspirar—. ¿Cómo iba a saber que ibas a ir de compras tan tarde?

—Estuve en el hospital hasta las ocho —dijo Helen a la defensiva. Sus labios seguían temblando, pero hizo un esfuerzo por calmarse—. Tú... no has estado allí, ¿no? —añadió ansiosamente.

–No –le respondió Milos, mirándola enfadado.

Helen estuvo aliviada. Se podía imaginar lo que su madre habría pensado si Milos hubiera aparecido allí, sin avisar.

–Pero te he estado esperando aquí desde... oh... –miró su reloj– las ocho y cuarto, supongo.

–¿Por qué has esperado dos horas para verme? –Helen lo miró con incredulidad.

La cara de Milos expresaba claramente lo que pensaba de su pregunta. Pero decidió no provocarla.

–Pensé que era hora de que hablásemos –dijo–. Hemos tenido éxito en evitar el tema hasta ahora, pero afortunadamente, no tendremos interrupciones esta noche.

–¿No... podría esperar hasta mañana? –preguntó–. Estoy muy cansada.

–Lo puedo ver. ¿Cómo está tu madre? Hemos oído que está mucho mejor.

–¿Por qué hablas en plural? –Helen tragó saliva.

–Me refiero a tu padre, a Melissa y a mí. Sam llamó al hospital la mañana en la que me fui. Dijeron que estaba evolucionando bien.

–Entonces no necesitas que te diga cómo está –dijo Helen ásperamente–. Voy a hacerme un té. ¿Quieres uno?

–¿Cómo podría negarme ante tan generosa oferta? –observó secamente Milos– ¿Entonces podremos hablar del tema que me ha traído hasta aquí? Estoy bastante cansado... y tengo frío.

–¡Oh! –Helen se dio cuenta que no había pensado en el hecho de que era una fría y lluviosa noche–. Lo siento. ¿Quieres que encienda la calefacción?

–Eso no será necesario –le aseguró Milos–. Con una bebida será suficiente.

–Bueno, me temo que no tenemos bebidas alcohólicas.

–Con un té me basta –dijo enfadado. Frunciendo el ceño, añadió–: ¿Has comido algo esta noche?

–He comido un sándwich –respondió Helen, enco-giéndose de hombros.

–¿Un sándwich? –Milos sonó disgustado–. ¿Y has es-tado comiendo sándwiches desde que volviste?

–Creo que eso es asunto mío, ¿no crees? –replicó He-len, frunciendo los labios– Por el hecho de que pienses que tenemos algún tema pendiente...

–No lo creo –espetó Milos–. *Theos*, Helen, ¿cuánto tiempo pensabas que podías continuar con esto?

–¿Continuar con qué?

–No... finjas que no sabes de lo que estoy hablando.

–No lo hago.

–Eres una mentirosa –le dijo Milos ásperamente–. ¿Me ibas a decir alguna vez que Melissa es mi hija?

–¿Qué... has dicho? –preguntó Helen, con la boca abierta.

–Te he preguntado que cuándo ibas a decirme que soy el padre de Melissa –dijo duramente–. No necesitas negarlo. Lo sé desde hace tiempo. ¿Creíste sinceramente que podías llevarla a Santoros sin que yo descubriese por mí mismo el parecido?

Helen tuvo que sentarse. Buscando a tientas una silla, se dejó caer. Él lo sabía, pensó Helen desesperadamente. Sabía que Melissa era su hija. Oh, ¡Dios mío! ¿Se lo ha-bría dicho a ella también?

–¿Dónde está el té? –le preguntó él.

–Hay bolsitas de té ahí dentro –dijo Helen, señalando la cajita para el té–. La... la tetera está al lado.

–Ya la veo –dijo Milos con tono monótono mientras echaba bolsitas en la tetera–. De acuerdo –dijo–. ¿Leche y azúcar?

Cuando le puso por delante la taza de té caliente, He-len se sintió lo suficientemente fuerte como para alzarla a sus labios y tomar un sorbo reparador. Milos se sentó a horcajadas enfrente de ella.

–¿Se... lo has dicho a Melissa? –preguntó Helen, in-capaz de evitar la pregunta.

–Supongo que eso es lo que esperas que haga –dijo fríamente–. Después de todo, soy el hombre que te dejó embarazada y te abandonó.

–¿Así que... lo hiciste? –Helen estaba temblando.

–¡*Fisika okhi!* Por supuesto que no. Al contrario de lo que evidentemente piensas de mí, te respeto mucho para tal cosa. Aunque el porqué debería hacerlo después de todo de lo que ha ocurrido me deja francamente asombrado.

–Gracias –dijo Helen, tras humedecerse los labios.

–¿Es eso todo lo que tienes que decir? –preguntó–. ¿Gracias? *Theos*, Helen, ¿no crees que me merezco más que eso?

–No voy a pedir perdón por lo que hice –dijo con voz ronca–. Pensé que estabas casado, ¿te acuerdas?

–¿Cómo podría olvidarme? –Milos frunció el ceño–. No he olvidado el papel de Eleni en esto. Si lo hubiera hecho, estarías haciendo frente a algo más que a mi enfado.

–¿Sirve de algo si intento explicar por qué... hice lo que hice y me casé con Richard?

–Estoy escuchando, ¿no?

–Supongo –Helen suspiró–. Parecía la única solución. Richard quería casarse conmigo, y opté por la solución más fácil.

–¿Y creía Shaw que estabas embarazada de él? –preguntó Milos.

–¡No! Él sabía que no era suyo... que ella no era hija suya. Richard era mi novio, pero no nos habíamos acostado –bajó la cabeza–. Pero tú lo sabes.

–Sí –Milos frunció aún más el ceño–. ¿Cuándo cambió de opinión?

–¿Cambio de opinión? –Helen estaba confusa–. ¿Cambio de opinión sobre qué?

–Sobre su papel como padre de Melissa. ¿Cuándo decidió contarle la verdad?

–No sé de lo que estás hablando. Melissa aún cree que Richard era su padre.

–No –la negativa de Milos removió la tierra–. No lo cree.

Helen no pudo mantenerse sentada más tiempo. Empezó a ir de un lado al otro de la cocina, intentando asimilar lo que le había contado. Pero no podía creerlo. ¿Por qué haría Richard una cosa como esa? Y si lo hizo, ¿por qué no se lo había mencionado nunca Melissa?

Su madre no había dudado nunca de la paternidad de Melissa. ¿No se había quejado siempre de que era igual que su padre, especialmente cuando tenía problemas en el colegio?

Lo que le recordó cómo Richard se había negado siempre a aceptar alguna responsabilidad en el comportamiento de Melissa. Una actitud que había empeorado mucho en los últimos meses, recordó Helen. Oh, Dios, ¿podría ser verdad? ¿Le habría dicho Richard a Melissa que era fruto de una aventura de su madre?

Helen cruzó la habitación de nuevo para acercarse a Milos; y eligió cuidadosamente las palabras:

–¿Cómo... sabes eso? No estoy diciendo que te crea, por supuesto. ¿Pero quién te diría tal cosa?

–¿Quien crees tú que me lo dijo?

–¿Mi madre?

– Fue Melissa. Ella me lo dijo.

–¿Por qué iba a decirte algo así?

–Bueno, no por las razones que estás pensando –replicó Milos, tras respirar profundamente–. Y sí, créeme, estuve tentado a decirle quién era realmente su padre. Pero, como dije antes, no pude hacerlo. A pesar de que quiero reconocerla, esa información tiene que venir de ti, no de mí.

Helen se sintió aturdida. No podía asimilar todo. ¿Podría ser posible que esa fuera la razón por la que el comportamiento de Melissa se había hecho tan incontrolable en los últimos años?

–¿Te contó Melissa cuándo se lo dijo Richard? –preguntó Helen, aceptando que Milos le estaba diciendo la verdad.

–Dos años antes de que muriera –Milos se aflojó los botones de la chaqueta de ante–. Dice que le avisó de que no te lo dijera.

–¿Pero por qué? –Helen rompió a llorar–. ¿Por qué haría Richard una cosa como esa?

–¿Amargura? ¿Celos? Melissa dice que Richard le amenazó con dejaros si ni siquiera insinuaba que conocía la verdad.

–Al comienzo fue bueno conmigo –protestó, tras sacudir la cabeza–. Cuando Melissa era un bebé, parecía bastante feliz.

–¿Lo fuisteis? –preguntó Milos, mirándola–. ¿Nunca te has preguntado lo diferente que habría sido si hubiéramos estado juntos?

–¡Como si eso pudiera haber ocurrido alguna vez!

–¿Por qué no? –Milos echó la silla a un lado y se puso de pie

–¡Oh, no seas ridículo! –Helen se alejó, incapaz de mirarlo cuando se sentía tan desgarrada por dentro– Me puedo imaginar la conversación si te hubiera llamado y te hubiera dicho que ibas a ser padre –hizo un esfuerzo por imitar su voz horrorizada–. ¡Qué! No puede ser mío. Me puse un preservativo. ¿Qué engaño estás urdiendo?

–Esa es la opinión que tienes de mí, ¿no? –dijo Milos.

–Que tuve –Helen no pudo decir sinceramente que tenía la misma opinión en ese momento. No después del modo como había venido a ella con la confesión de Melissa–. Pero en cualquier caso, mi opinión no es importante. No ahora –bajó la cabeza–. Ves, siempre había pensado que trabajabas para mi padre y no es así.

–¿Y es eso significativo?

Milos estaba detrás de ella en ese momento. Helen podía sentir su acalorada respiración en su nuca, sentir el calor de su cuerpo enviando escalofríos a su espina dorsal.

–¿Tú qué crees? –preguntó, intentando mantener la

compostura. En un fútil intento por distraerle, añadió–:
Todavía no me has contado cómo Melissa confió en ti.
No creo que os conozcáis tan bien.

–Oh, nos hemos conocido mejor desde que volví de
Atenas –dijo Milos suavemente, rozando las hombreras
de su chaqueta con la mano y haciendo que ella se enco-
giera de miedo–. Cuando descubrí que te habías ido a Inglaterra, fue una oportunidad que no debía perder.

–Apuesto a que sí –murmuró Helen.

–¿Me echas la culpa? –preguntó mientras sus dedos
acariciaban la curva de su cuello con inquietante familiaridad–. Puede que no te guste, pero parece que Melissa y
yo nos llevamos muy bien.

–Estoy sorprendida de que mi padre te animase –dijo
Helen, tras aguantar la respiración un momento–. ¿No
pensó que era un poco extraño que quisieras pasar tiempo con ella?

–No fue así –dijo Milos–. Tenía la excusa de que quería ver a Rhea. Se ha estado quedando en el viñedo, ha-
ciéndole compañía a Melissa mientras has estado fuera.

–Entiendo –Helen intentó que sus provocativos dedos
no la distrajeran–. Fue amable por su parte.

–Rhea es amable –dijo Milos, encontrando el pulso
de Helen, que palpitaba justo por debajo de su oreja, con
el pulgar–. Todos los Stephanideses pueden ser ama-
bles... si se lo permites.

–Eso te incluye a ti, supongo.

–Especialmente a mí –corroboró Milos, inclinando la
cabeza de ella hacia atrás hasta que descansó contra su
hombro–. ¿Quieres que te lo demuestre?

–Eso no será necesario –dándose la vuelta, Helen
puso una distancia entre ellos–. Simplemente dime lo
que quieres de mi –añadió, poniéndose los brazos en la
cintura de manera protectora–. Estoy cansada. Es demasiado tarde para jugar a juegos de palabras.

–No es ningún juego. Pensé que te alegrarías por verme. Aparentemente me equivoqué.

–Si te refieres a lo que ocurrió en Vassilios... –Helen sacudió la cabeza.

–Por supuesto que me refiero a lo que ocurrió en Vassilios –interrumpió ásperamente Milos–. *Theos*, ¿cómo podrías tener alguna duda?

–Pensaba que habías venido a contarme lo que sabías sobre Melissa –Helen tomó aliento temblando.

–Eso también. Y para preguntarte si sabías que tu esposo se lo había dicho.

–No lo sabía.

–Te creo –frunció el ceño–. Pero me temo que tenemos otras cosas de que hablar.

–Aún... no me has dicho por qué te lo contó Melissa.

–¡Maldita sea! –dijo Milos–. ¿Puedes olvidar a Melissa solo por un momento? Estoy cansado también, ¡pero no me voy a ir a ningún sitio hasta que tengamos la oportunidad de hablar sobre nosotros!

–¿Sobre nosotros? –repitió débilmente Helen mientras su corazón martilleaba contra las costillas.

–Sí, sobre nosotros –dijo Milos con voz apagada.

Le alzó la cara y cubrió su boca con la suya.

Helen no esperaba que fuera a besarla.

La cabeza le dio vueltas y se agarró a él impotente, necesitando su fuerza para evitar caerse. Milos abrió las piernas para acercarla más, y ella se apretó contra él, buscando su calor y protección, con la lasciva necesidad que había estado negando durante tanto tiempo.

El beso pareció durar una eternidad.

–*Theos* –dijo con voz ronca cuando finalmente alzó la cabeza–, ¡me estás volviendo loco!

Con otro juramento ahogado, dio unos pasos hacia atrás y levantó ambas manos en el aire.

Helen permaneció allí sintiéndose totalmente desamparada.

–Continúa –dijo Milos–. Di que soy un bastardo. Eso es lo que estás pensando, ¿no es cierto? Es lo que siempre has pensado sobre mi.

–Estás equivocado –Helen eligió cuidadosamente las palabras–. Simplemente no sé por qué lo hiciste –hizo una pausa–. ¿Tanto me odias?

–¡No te odio! –se quejó Milos.

–Entonces...

–Mira. Te contaré lo de Melissa, si es eso todo lo que quieres –murmuró, antes de que ella pudiera continuar. Buscando la silla en la que se había sentado a horcajadas antes, cayó sobre ella, apoyando los codos sobre las rodillas, y acunando la barbilla entre las manos–. La noche que volví de Atenas, Rhea persuadió a Sam para dejar a las dos chicas que pasasen la noche en Vassilios. No podía dormir porque... bueno, porque no podía dormir, ¿de acuerdo? Melissa tampoco podía, así que... hablamos.

Helen deseó también tener una silla para poder sentarse, pero se quedó donde estaba.

–¿De qué hablasteis?

–¿De qué crees que hablamos? –preguntó Milos, tras hacer una mueca. Con dificultad, Helen intentó concentrarse en lo que estaba diciendo Milos–. De ti; de su abuela; del accidente. Estaba preocupada. Dijo que tu madre y tú erais las dos únicas personas que realmente se preocupaban por ella –Milos torció los labios–. ¿Y cómo piensas que me hizo sentir eso?

–Bastante mal –murmuró Helen, que podía imaginárselo; Milos la respondió con la mirada.

–Y eso ni se aproxima –dijo–.Le dije que debía ser duro tener que tratar con otro accidente tan poco tiempo después de que su padre hubiese muerto.

–¿Y qué dijo ella? –Helen tragó saliva.

–Que Richard no era su padre –dijo Milos severamente–. Supongo que ha estado esperando mucho tiempo para decírselo a alguien.

–¡Oh, Dios! –Helen se llevó las manos a las mejillas– Si lo hubiera sabido:

–Lo siento –dijo él, temblando–. Tienes todo el derecho de estar enfadada conmigo.

–No estoy enfadado contigo –protestó, tras soltar un quejido. La tomó de la mano de nuevo y tiró de ella hacia sí, hasta ponerla entre sus muslos abiertos–. Pero ¿te das cuenta ahora de por qué no podía esperar a que volvieses a Santoros? Tenía que hablar contigo. Te lo tenía que contar.

–No... no puedo volver a Santoros –titubeó Helen–. Mi madre saldrá del hospital en un día o dos, y tengo que estar aquí con ella.

–Eso es lo que me temía –dijo Milos, tras soltar un sonoro suspiro. Se llevó una de las manos de Helen a sus labios y presionó su boca contra la palma–. Así que... necesito que me asegures que le dirás a Melissa que soy su padre cuando... vuelva de la isla. No inmediatamente, quizás. Pero creo que me debes eso, por lo menos.

–Se lo diré –asintió Helen.

–Gracias –Milos la miró cansadamente–. ¿Me creerías si te digo una cosa más?

–Prueba –dijo ella.

–De acuerdo –Milos tomó las dos manos de Helen en la suyas–. Esperaba que podríamos salvar algo del lío que hemos hecho con nuestras vidas.

–No tienes que hacer esto, lo sabes –Helen aguantó la respiración.

–¿Hacer qué? –Milos frunció el ceño.

–Fingir que te sientes atraído por mí, para persuadirme para dejarte tener acceso a Melissa –Helen continuó con la cabeza en alto–. Ella es tu hija, Milos. Tienes todo el derecho a exigir verla.

Milos empujó a Helen y se puso de pie abruptamente.

–Tú... –se mordió la lengua para no decir un juramento– ¿Crees sinceramente que iría tan lejos como para hacerte el amor para forzarte a decirme la verdad?

–No sé lo que creer –se defendió a sí misma Helen; sintió las piernas inestables–. No te conozco lo suficientemente bien para decidir.

–Entonces quizás deberías –dijo Milos, pasando por

su lado–. Mira, me tengo que ir. Es tarde y estoy muerto de cansancio. Quizás podríamos hablar de nuevo mañana. Te llamaré por la mañana. Cuando haya ordenado mi mente.

– No te tienes que ir. No si no quieres. Me refiero... tenemos muchas camas de sobra aquí.

Milos se paró en el umbral de la puerta.

–No puedes estar hablando en serio –dijo duramente–. ¿No puedes pensar sinceramente que podría compartir una casa contigo sin compartir la cama? –sacudió la cabeza impacientemente–. Habla con sentido, Helen. Después de lo que acabo de decir, ¡no me puedes ofrecer tranquilamente una cama para dormir por la noche!

–¿Por qué no? –el pulso de Helen estaba yendo muy rápido.

–Tú sabes por qué no –repitió ásperamente Milos–. *Theos*, Helen, ¿crees que podría haberte perdonado por arrebatarme los primeros trece años de la vida de mi hija si no me importaras? No soy un santo, Helen. Soy un pecador. Te quería cuando eras demasiado joven e inocente, y aún te quiero.

–Entonces... ¿por qué no me lo dijiste? –preguntó Helen, que estaba pasmada.

–¿Cuándo? ¿Cuando estabas intentando ponerme celoso con tu novio rico, o cuando luchabas conmigo como una tigresa?

–No... intenté ponerte celoso –protestó Helen, mirándolo incrédula–. No haría una cosa así –titubeó–. Tú también me importas mucho.

–¿Y se supone que tengo que creer eso? –Milos se paró frente a ella.

–Sí. Sí. Es la verdad –Helen dudó solo un momento antes de cubrir el espacio entre ellos–. Tienes que creerme –dijo, mirándolo con los ojos bien abiertos y suplicantes. Agarró su brazo. ¿Hablabas en serio cuando dijiste eso? ¿De verdad me quieres?

–Sí, de verdad –los dedos de Milos se cerraron alrededor de los brazos de Helen, atrayéndosela hacia sí–. ¡Cuánto tiempo hemos perdido! –añadió, rozando levemente sus labios con la lengua.

Ella gimió cuando su lengua se hundió profundamente en su boca, y el deseo serpenteó como un fuego en su estómago.

De algún modo, su falda se le había subido, y las manos de Milos acariciaban sus desnudos muslos. Estaba contenta de llevar medias y no leotardos ajustados.

–Estás húmeda –le dijo Milos con voz apagada, y ella estaba tan excitada, que no sintió ningún rubor por su invasión.

–Tú me haces estar así.

–Me deseas de verdad –dijo Milos, desabrochándole la camisa y descubriendo su sostén de encaje–. Pero llevas demasiada ropa –añadió con voz ronca–. ¿Qué era eso que dijiste de que me ofrecías una cama para dormir esta noche?

Capítulo 15

HORAS más tarde, Helen despertó a Milos al meterse en la cama. Él se dio cuenta de que había dormido sintiendo una inusual sensación de relajación. Y una deliciosa sensación de satisfacción. No podía recordar haberse sentido nunca tan satisfecho como se sentía en ese momento... Debido a Helen.

Parpadeando por la pálida luz que se filtraba a través de las cortinas corridas, vio cómo colocaba una bandeja con té en la mesita de noche. Estaba vestida con una bata de seda con un profundo escote y que permitía echar un tentador vistazo a sus muslos desnudos.

Inmediatamente, su cuerpo respondió, y una ola de calor invadió su ingle.

–Te he traído té –dijo Helen–. No el té que hiciste tú –añadió–. Ese estaba tan frío como el hielo.

–A diferencia de mí –dijo Milos secamente, incorporándose–. ¿Qué hora es? ¿No puede ser ya de día?

–Me temo que sí –la sonrisa de Helen era triste–. Son casi las ocho de la mañana.

–Pero aún no es de día –replicó, tocando su bata–. Mmm, esto tiene un tacto agradable. Quítatelo.

–No puedo –dijo Helen, con la boca abierta.

–Sí que puedes –dijo Milos. Y aunque obviamente Helen no estaba acostumbrada a desnudarse delante de nadie, desató obedientemente el cordón de la cintura y dejó que la prenda cayese libremente.

–Sí, eso está mucho mejor –murmuró con aprobación, con la mano en la nuca–. Ahora ven aquí.

Helen no pudo negarse. Milos cubrió su boca con la suya y la echó contra los cojines.

Un gemido de puro placer vibró en su pecho cuando separó sus piernas con los muslos y presionó su erección contra ella.

–¿Sabes cuánto te quiero? –preguntó Milos, deteniéndose en su avance.

–No me hagas esperar –gritó.

Entonces Milos emitió un sofocado sonido de derrota. El devastador roce de sus fríos dedos sobre su caliente miembro casi le envió al filo de la locura, y con un ahogado juramento de sumisión, la penetró.

–No tengo ninguna protección –murmuró Milos, apartándose de ella, pero ella enroscó sus piernas alrededor de su cintura y lo instó a continuar.

–¿Te importa? –Helen respiró mientras pasaba su lengua por los labios de Milos, y sus dedos acariciaban la barba de tres días de su barbilla–. Simplemente hazlo, Milos. Sabes que lo quieres.

No tenía argumentos para eso, pensó Milos, hundiéndose de nuevo en ella y sintiendo sus hábiles músculos cerrándose en torno a su sexo. Casi quería dejarla embarazada. Era un modo para asegurarse de que permanecerían juntos, y en ese momento eso era lo único que le importaba.

Llegó al clímax unos momentos más tarde que Helen. Se vació dentro de ella, estremeciéndose ante la fuerza de sus emociones. Nunca había experimentado nada semejante, y se hubiera alegrado mucho si hubiera podido permanecer el resto del día en la cama.

Pero minutos más tarde Helen estaba intentando salir de debajo de él.

–Lo siento, pero me tengo que ir.

–¿Adónde? –Milos frunció el ceño–. Es muy pronto para visitar el hospital, ¿no es cierto?

–Tengo que ir al trabajo, a ver a Mark y decirle que necesito otras dos semanas de vacaciones.

–¿Mark? –Milos frunció aún más el ceño– ¿Mark qué?

–Mark Greenaway –replicó Helen, poniéndose la túnica–. Es mi jefe. Se ha portado muy bien conmigo desde que Richard murió. Sabía que iba a estar fuera un par de semanas, pero ahora necesito más tiempo para cuidar de mi madre cuando vuelva a casa.

–¿Está casado? –Milos apretó la mandíbula.

–No.

–¿Es él el rico novio del que habló Melissa? –preguntó Milos, consciente de la desacostumbrada sensación de enfado ante la idea– .Quiero saberlo.

–Él... se preocupa por mí, sí –dijo Helen, tras soltar un suspiro.

–¿Te ha pedido que te cases con él? –inquirió Milos, tras respirar profundamente.

–¿Importa eso? –dijo con voz entrecortada Helen.

–Por supuesto que importa. Quiero conocer qué tipo de competición hay.

–No hay ninguna competición –dijo con voz ronca Helen, tras sacudir la cabeza–. Creía que sabías eso.

–¿Entonces si te pidiera que te casases conmigo? ¿Qué pasaría? –preguntó Milos.

–Pero no lo has preguntado –indicó suavemente Helen–. No quiero que hagas algo de lo que puedas arrepentirte simplemente porque pienses que me pueda sentir atraída por la proposición de Mark. Lo rechacé una vez, y lo rechazaré de nuevo, da igual lo que pase.

–Entonces, poniéndose de rodillas, alzó su barbilla y le preguntó.

–Lo harás? ¿Casarte conmigo, me refiero? Es lo que quiero más que cualquier otra cosa.

Volaron de vuelta a Santoros en el avión privado de Milos dos días más tarde. Instalaron a la madre de Helen en la parte trasera del avión en la cama que Milos usaba a veces en los viajes de larga distancia, y con una enfermera para atender sus necesidades. Milos no estaba seguro de cómo se sentía Sheila sobre el hecho de que su hija hubiera accedido a casarse con uno de los socios de su ex marido, pero afortunadamente accedió a que la transportasen a la villa de Milos para completar su recuperación.

Lo único que le importaba a él era que Helen fuera feliz. Y lo era con delirio. Había comunicado su despido en la Compañía de Ingeniería Greenaway. Había ido sola para decírselo a Mark Greenaway. Aun cuando Milos había querido desesperadamente ir con ella, contuvo sus celos, y la dejó ir sola.

Naturalmente, se lo dijeron a todos menos a Melissa. Hasta que Helen no hubiera hablado con Melissa personalmente, eso seguiría siendo un secreto. Milos no tenía ni idea de cómo se lo tomaría la chica, pero, pasase lo que pasase, eran una familia y eso tenía que significar algo. Especialmente para ella.

El avión aterrizó en el aeropuerto más cercano a Santoros, y el helicóptero de Milos estaba esperándolos para transportarlos hasta la isla.

—¿Cansada? —preguntó amablemente Milos a su prometida, ayudándola a subir al helicóptero—. Pronto llegaremos.

—No más que tú —le respondió ella con voz ronca, incorporándose para darle un cálido beso—. Estoy un poco dolorida, pero satisfecha.

Milos sintió entonces una oleada puramente carnal, y sus dedos se hincaron en la palma de su mano.

—No deberías decir cosas como esas cuando no puedo hacer nada al respecto —sus ojos se oscurecieron—. No puedo esperar más para mostrarte nuestro dormitorio.

—¿No será tu dormitorio? —preguntó Helen remilgadamente.

—No, será nuestro dormitorio —la corrigió con voz apagada—. Vamos. Tu madre está esperando.

Melissa estaba esperándolos en Vassilios. Stelios y ella fueron a saludarlos tan pronto como el helicóptero tocó tierra. El piloto bajó los escalones y Milos fue delante para ayudar a su futura suegra a apearse. Se dio cuenta con preocupación de que Sheila también parecía un poco cansada, pero entonces Melissa los vio y salió corriendo hacia ellos.

–Hey, abuela –exclamó, sonriéndole a Milos antes de abrazar a su abuela–. Viajando con todo lujo, ¿eh?

–Sí, fue amable por parte de Milos ofrecerme su casa para recuperarme. Sin embargo, supongo que me acostumbraré a venir aquí de ahora en adelante.

–¿Lo harás? –dijo Melissa, un poco perpleja. Miró a Milos un poco confusa. Entonces, recordó las buenas maneras y añadió–: Bueno, ¿cómo estás? ¿Está de verdad tu brazo roto?

–Sí –confirmó Sheila con aire satisfecho mientras Milos temía que dijera algo que no debía.

Entonces, para su alivio, Helen salió del helicóptero, y Melissa dudó solo un momento antes de ir a saludar a su madre.

–Aún no le hemos contado a Melissa lo de nuestra boda –dijo en voz baja Milos.

–¿Por qué no? –preguntó Sheila, mirándolo con los ojos bien abiertos.

–No hemos tenido la oportunidad.

–Hay teléfonos en Santoros, ¿no es cierto? Incluso tenéis móviles.

–Queríamos decírselo juntos –dijo Milos entre dientes–. Hazme... haznos el favor de no decir nada. Al menos por un tiempo.

–¿Fue eso idea de Helen? ¿Mantener vuestra relación en secreto? ¿O fue tuya? –Sheila alzó las cejas a modo de burla.

–No es un secreto –dijo Milos severamente–. Tenemos la intención de decírselo esta noche.

–Si tú lo dices –Sheila posó sus ojos sobre Stelios,

que estaba a unos metros de distancia, añadió–: ¿Es ese tu mayordomo, Milos? Estaría agradecida si pudiera enseñarme mi habitación.

Milos ocultó una sonrisa al pensar lo que Stelios pensaría si lo llamasen «mayordomo». Pero era un alivio tener una excusa para hacerla entrar en la casa. Susie Peel, la enfermera de Sheila, se dio prisa para alcanzarlos, y para cuando Helen y Melissa lo alcanzaron, los demás ya habían cruzado la terraza.

–¿Se va a quedar mamá también? –preguntó Melissa cuando los tres iban hacia la casa.

–Sí –respondió Helen, tras echar una rápida mirada a Milos.

–Oh, bien. Eso significa que también puedo quedarme aquí, ¿no es cierto? –preguntó Melissa, mirando a Milos–. No sé lo que va a decir Sam, pero supongo que lo superará.

–Bueno, no querría que tu abuela se alojase en su casa –murmuró secamente Helen.

–No, supongo que no. ¿Os importa si voy a ver a la abuela y le digo lo que pasa? Quiero ver lo que piensa de su dormitorio. Andrea le ha dado una habitación con unas vistas al mar.

–Eso está bien, ¿no? –dijo Helen, tras mirar a Milos para obtener confirmación–. Tú podrías mostrarme dónde voy a dormir.

–Sí, me gustaría verlo también –dijo Melissa–. Espero que sea una de las habitaciones cercanas a la mía. Pero todos los dormitorios son bonitos aquí.

–¿Por qué en lugar de eso no vas a buscar a Andrea y le preguntas a qué hora espera servir el almuerzo? –sugirió Milos–. Puedes ver a tu abuela después de que se haya instalado.

–¿Por qué? –preguntó Melissa, frunciendo los labios por un momento–. ¿Existe alguna razón por la que no debería ir a verla? –titubeó–. Ella está bien, ¿no es verdad? ¿No se va a... morir, o algo así?

–Por supuesto que no –dijo Helen, y Milos pudo ver que ella también estaba perpleja por su actitud–. Pero si eso es lo que... Milos quiere que hagas...

–Oh, de acuerdo –pero Melissa estaba resentida–. Solo espero que no tenga que aguantar un montón de reglas mientras estemos aquí. Si es así, me gustaría volver al viñedo. Aunque Maya me odia.

–Maya no te odia –dijo Helen en seguida, y Milos decidió que era hora de contarles algo a ambas.

–Maya no es tan mala cuando se la conoce –dijo Milos–. Pero el viñedo es importante para ella, y cuando tu madre y tú aparecisteis, tuvo miedo de que Sam pudiera cambiar de opinión acerca de dejárselo a Alex.

–¿Quieres decir que tiene miedo de que Sam nombre a mamá su heredera? –dijo asombrada Melissa.

–Algo parecido –confirmó Milos, incapaz de resistirse a ponerle una mano en el hombro a Helen, pero Melissa no se dio cuenta. Estaba demasiada absorta en lo que había dicho.

–Pero eso es una tontería –dijo–. Mamá no sabe nada viñedos mientras que Alex lo ha hecho toda su vida.

–Exacto –asintió Milos.

–No tenía ni idea –dijo entonces Helen–. ¿Así que por eso...

–¿Ella estaba deseando librarse de ti? –Milos torció el gesto–. Como alguien más que conozco, suele hablar cuando no debe.

–¿Te refieres a mí? –preguntó indignada Melissa.

–No –dijo amablemente Milos–. ¿Irás ahora a ver a Andrea, como te pedí?

Cuando Melissa los abandonó, Milos llevó rápidamente a Helen a su despacho. Entonces, después de cerrar con llave la puerta, la abrazó y enterró la cara en su hombro.

–*Theos*, lo necesitaba –dijo cuando alzó la cabeza para mirarla–. No tienes ni idea de cuánto.

–¿Qué pasa? –preguntó Helen–. ¿Ha ocurrido algo? Sam no estará creando problemas, ¿no?

–Bueno, aún no –dijo Milos secamente–. Otra cosa será cómo se sienta cuando le cuente lo de Melissa.

–Se lo diré yo –se ofreció Helen en seguida, pero Milos sacudió la cabeza.

–No. Tengo que hacerlo yo –dijo Milos con determinación–. Ese es mi problema. Tu madre es el tuyo.

–¿Qué hizo ella? –Helen bajó los hombros.

–Estuvo a punto de decirle a Melissa lo nuestro –hizo una mueca–. No te preocupes, le dije que no lo hiciera.

–¿Entonces crees que deberíamos decírselo en seguida a Melissa?

–Tan pronto como sea posible –confirmó Milos–. Gracias a Dios, Sheila no sabe nada más.

–Que así sea –dijo Helen–. ¿Qué digo cuando Melissa pregunte dónde está mi habitación?

–Buena pregunta. Bueno, como no sabe dónde está mi dormitorio, no creo que eso vaya a ser un problema. No hasta mañana, quizás.

–¿Cuándo nos encuentre juntos? –preguntó tentativamente Helen, y Milos torció el gesto.

–Cuando nos encuentre juntos –le aseguró, y besó a Helen.

Helen estaba deshaciendo la maleta en el dormitorio de Milos cuando Melissa entró. Milos se había ido a ver a Sam. No se atrevían a darle a la Sheila la oportunidad de desvelar la noticia, y burlarse de su ex marido con tal privilegiada información.

–¡Hey, vaya habitación! –dijo Melisssa, acercándose a la cama–. Milos debe de querer impresionarte.

–¿Verdad que es bonito? –admitió ruborizada Helen–. ¿Está lejos tu habitación?

–Tan lejos como es posible –dijo secamente Melissa–. Estoy en el ala opuesta, cerca de donde han puesto a la abuela. ¿Qué fue eso de que tenía que esperar hasta que estuviera instalada antes de poder ir a verla? Parecía como si Milos tuviera miedo de que dijese algo que no debiera.

–Estoy seguro de que Milos no se refería a nada de eso –dijo Helen, pensando lo fácilmente que era hacerse una idea completamente equivocada–. Probablemente estuviera pensando en tu abuela.

–¿Crees tú? –Melissa consideró eso por un momento y entonces dijo astutamente–. De todos modos, vosotros dos parecéis llevaros mejor últimamente. Quiero decir, me quedé sorprendida cuando Rhea dijo que pensaba que la abuela y tú ibais a quedaros aquí.

–Bueno, simplemente pareció la mejor solución –dijo incómoda, tras respirar nerviosamente–. Y tienes que admitir que hay más espacio aquí.

–Oh, sí –Melissa se dejó caer pesadamente otra vez en la cama, observando cómo colocaba la ropa que había sacado de las maletas encima de la otomana a sus pies–. Hey, ¿no es esa mi camisa? Y esos son mis pantalones de lona. ¿Por qué los has traído aquí?

–Simplemente pensé que podrías necesitarlos –dijo su madre sensatamente–. Como vamos a quedarnos mucho más tiempo del que originalmente planeamos, decidí traerlos.

–Mmm.

Para consternación de Helen, Melissa saltó de la cama de nuevo y fue a abrir la puerta del armario de la entrada.

–Podrías meter tu ropa aquí –comenzó a decir, volviendo para mirar a su madre con ojos acusatorios–. Hey, ya hay ropa dentro. Ropa de hombre.

–Lo sé –el corazón de Helen se hundió, pero tenía que ser sincera.

–Es ropa de Milos –dijo, evidentemente reconociendo algo de él; frunció el ceño y se volvió a su madre de nuevo–. ¿Qué está pasando? ¿Por qué están las ropas de Milos aquí?

–Supongo que las dejó aquí –dijo tras sacudir la cabeza–. Esta es su habitación, después de todo.

–¡Guau! –Melissa la miró–. Quieres decir que ha renunciado a su propio dormitorio por ti?

–Algo así –dijo, tras suspirar; deseó que Milos estuviera allí en ese momento.

–¡Vaya! ¡No me digas que estáis juntos!

Helen dudó. No era el modo ideal de decírselo, pero estaba segura de que Milos no la culparía de ello.

–¿Te importaría si fuera así? –preguntó con voz ronca, y Melissa soltó un grito incrédulo de excitación.

–¿Estás bromeando? –exclamó–. ¿Significa eso que vamos a vivir en Santoros para siempre?

–No.

–¿Por qué no?

–Porque Milos pasa parte de su tiempo en Atenas. Tiene... negocios allí.

–Petroleros, lo sé. Me lo contó–. Bueno, eso no importa. Atenas está bien.

–Me alegro de que lo apruebes.

–¿Así que es verdad? ¿Os acostáis juntos?

–¡Melissa!

–Bueno, ¿lo hacéis?

Melissa estaba esperando una respuesta y Helen no pudo hacer otra cosa sino admitir que lo hacían.

–Pero nos vamos a casar –añadió rápidamente, necesitando legitimar el enlace–. Tan pronto como los padres de Milos vuelvan de su crucero.

–Hey, a mí no me importa –dijo Melissa, rodeando la cama y abrazando afectuosamente a su madre–. La gente no necesita casarse para probar que se quieren. De cualquier modo, me imaginaba lo que estaba pasando. No soy ingenua, ¿sabes?

–Gracias –Helen miró a su hija con ojos húmedos.

–¿Por qué me estás dando las gracias?

–No lo sé. Simplemente por ser tú, supongo –dijo Helen–. Puedes ser muy sensible a veces, Mellie.

–No me llames Mellie –exclamó disgustada Melissa, haciendo una mueca–. Espera hasta que Milos vuelva. Le voy a preguntar cuáles son sus intenciones.

–¡No te atreverás! –Helen estaba horrorizada.

–¿Por qué no? Él va a ser mi padre, ¿no? –Melissa soltó una risilla tonta.

–Bueno, sí –titubeó Helen–. Sobre tu padre...

–Te refieres a Richard.

–De acuerdo, Richard –Helen se mordió un labio–. Milos me lo contó... oh, Melissa, ¿por qué no viniste a verme cuando Richard te dijo que no era tu padre?

–Si Milos ha hablado contigo, sabes por qué.

–Pero tú eras más importante para mí que Richard –protestó Helen furiosamente–. Y si hubiera sabido lo que te dijo, le habría abandonado,.

–¿Lo habrías hecho?

–Por supuesto que sí –exclamó, abrazando cordialmente a Melissa–. Siempre fuiste lo más importante para mí. Pensaba que lo sabías.

–Pero tú no amaste a mi padre real, ¿no? Quiero decir, si lo hubieras hecho, te habrías casado con él, ¿no es cierto? ¿Estaba ya casado, mamá? ¿Fue por eso por lo que no pudiste casarte con él? Richard dijo que yo fui el resultado de una aventura de una noche y que tú ni siquiera sabías quién era el padre.

–¡Oh, Dios! Por supuesto que sé quien es tu padre. Yo... era virgen antes... de tenerte.

–¿Y estaba casado? –preguntó Melissa.

–Pensaba que sí –admitió con tristeza–. No descubrí que estaba equivocada hasta... hace muy poco.

–¿Entonces quién es? –preguntó ansiosamente Melissa–. Dime. ¿Lo conozco? ¡Oh, Dios! No es Mark Greenaway, ¿no es cierto?

–No. No es Mark Greenaway. ¿Quién te gustaría que fuera? –preguntó Helen, tras sacudir la cabeza.

Buscó desesperadamente una salida, un modo de no decírselo hasta que Milos estuviera allí.

–Aún no quieres decírmelo, ¿no? –dijo Melissa, frunciendo el ceño.

–Sí que quiero –Helen hizo un gesto impotente–. Simplemente responde primero a la pregunta.

–Bueno, veamos –murmuró malhumorada–. ¿Qué tal el príncipe Carlos, hmm? ¿O quizás Brad Pitt? Aunque me imagino que a su actual novia no le gustaría eso.

–¡Melissa!

–Oh, de acuerdo –Melissa se alejó de ella y anduvo hacia las ventanas–: Bueno, supongo que la persona más obvia sería Milos. Quiero decir, él es joven, guapo y rico. Y obviamente se preocupa por ti.

–Buena elección –dijo Helen, tras aguantar el aliento.

–De acuerdo –dijo Melissa–. Ya te has divertido. Ahora, ¿por qué no me dices quién es realmente?

–Porque lo sabes –dijo una voz benditamente familiar detrás de ella.

Milos dejó la chaqueta encima de la cama, y entonces, tras echar una mirada llena de comprensión a Helen, fue al encuentro de su hija al lado de las ventanas–. Lo siento por decepcionarte por lo del príncipe y demás, pero soy yo.

–Estás bromeando, ¿no es cierto? –dijo, tras haber abierto la boca con incredulidad.

–¿Aparento estar bromeando? –dijo Milos, alzando las cejas.

–No –Melissa susurró la palabra, y Helen tuvo que dominarse para no atravesar la habitación y abrazar a su hija–. ¿Tú... eres mi padre? Y lo has sabido desde...

–Desde un par de días después de que vinieras –le dijo sinceramente Milos–. Créeme, también fue una conmoción para mí.

–Pero tú lo sabías antes –dijo acusadoramente Melissa a su madre–. Lo has sabido toda mi vida y nunca me lo has dicho.

–No podía... –comenzó a decir Helen, queriendo explicar que Richard la había engañado a ella también, pero Melissa no le permitiría continuar.

–Tú lo sabías –dijo de nuevo, poniéndose las manos sobre los oídos para bloquear cualquier cosa que los demás pudieran decir–. Tú lo sabías y no me lo dijiste. ¡Oh, Dios mío!

Se fue antes de que ninguno de ellos pudiera pararla, atravesando corriendo la habitación y saliendo por la puerta con lágrimas en la cara. En el silencio que siguió a su salida, Helen se hundió en la cama y se cubrió la cara con las manos.

–¡Oh, Señor, nunca me va a perdonar!

–Por supuesto que lo hará –Milos estaba asombrosamente calmado, considerando las circunstancias. Le dio un breve pero maravillosamente tranquilizador abrazo–. Déjamela a mi, *agapi mu*. Créeme, comparado con tu padre, ¡ella va a ser fácil de convencer!

Helen y Milos se casaron seis semanas más tarde en la pequeña capilla de la finca de los Stephanides. A la ceremonia, que fue bastante simple, asistieron los familiares más cercanos y los amigos; varios isleños acudieron para desearle al hijo de su patrón todo lo mejor.

La madre de Milos habría preferido una ceremonia mucho más ostentosa. Habría querido que se casasen en la catedral de Atenas, con toda la pompa y boato que hubiera conllevado, pero ni Milos ni Helen quisieron esperar.

Inicialmente, Helen había tenido miedo de no gustar a los padres de Milos; que ellos creyesen que era una cazafortunas; que la existencia de Melissa causara consternación y no alegría. Pero no podría haber estado más equivocada. El descubrimiento de que tenían una nieta había volcado la balanza a su favor. Athene había confesado que habían perdido la esperanza de que Milos les diera alguna vez nietos.

La madre de Helen había tomado la noticia de manera muy diferente. Con una de sus presumidas sonrisas, mantuvo que se había imaginado todo el tiempo quién era el padre de Melissa. Nunca dijo nada debido a la asociación de Milos con su ex marido.

Helen no lo supo hasta mucho más tarde, cuando fue a buscar a Melissa al dormitorio de Sheila, y su hija anunció que ya le había contado a su abuela quién era Milos.

Hubo un momento de tensión cuando Melissa continuó diciendo que no quería quedarse en Vassilios y que quería irse con su abuelo. El resultado fue que Milos en persona llevó a la chica al viñedo, desafiando la ira de Sam por segunda vez ese día. El padre de Helen no había querido involucrarse, pero Melissa era su nieta y accedió a que se quedara allí un par de noches.

Helen estaba destrozada cuando Milos volvió. Estaba convencida de que nada ni nadie podría reparar la gran brecha que existía entre su hija y ella.

Durante mucho tiempo, había tenido que tomar todas las decisiones concernientes a Melissa totalmente sola, y tener a alguien más para compartir la carga era un alivio.

Helen nunca descubrió lo que Milos le dijo a su hija para hacerla cambiar de idea. Sea lo que fuere, en un par de días, Melissa volvió a Vassilios con la bendición de su abuelo, y el retorno de los padres de Milos completó con éxito la reconciliación.

La boda fue mágica. El padre de Helen accedió a acompañarla al altar, y Melissa se dejó persuadir para ser dama de honor. Helen encontró alivio al ver que el enfado de su padre con Milos por ser el padre de Melissa no duró. Los errores que había cometido Sam en su propia vida le habían hecho comprender el dilema de Milos, y aceptó que él amaba de verdad a su hija, y que probablemente siempre había sido así.

Todo había sido tan diferente de su primera boda, pensó más tarde Helen, estando en la cubierta del yate de Milos. En aquella ocasión, tuvo lugar en el juzgado, con Sheila Campbell y la madre viuda de Richard como únicos testigos.

Iban a pasar la luna de miel haciendo un crucero por el Mediterráneo mientras Melissa permanecería en Vassilios con Rhea y la madre de Helen.

Le habían dado la opción a la madre de Helen de quedarse en la isla o de volver a Inglaterra. Sin preocupaciones monetarias, Sheila podría ir y venir a su antojo, y eso obviamente le encantaba.

—Te puedes arrepentir de eso —le había dicho secamente Sam a Milos, pero este le aseguró que Santoros era lo suficientemente grande para todos ellos.

—En cualquier caso, nosotros... es decir, Helen, Melissa y yo... pasaremos la mitad del año en Atenas —había dicho Milos suavemente—. Melissa tiene que ir al colegio, lo sabes.

Milos había dejado el yate al cargo de su eficiente patrón y fue a su encuentro. Helen apoyó la cabeza en el hombro de Milos.

—¿Contenta?

—Sí —dijo radiante. Ladeó la cabeza hacia él—. ¿Y tú?

—Bueno, veamos —frunció el ceño y fue deslizando el tirante de Helen por debajo del hombro mientras hablaba—. Estoy casado con la mujer a la que he amado la mayor parte de mi vida y ella me quiere. Tenemos una hija que, a pesar de causar algún que otro dolor de cabeza, es estupenda, y sin duda alguna demostrará ser una gran hermana mayor de cualquier futuro hijo que pudiéramos tener —le acarició el cuello con la nariz—. Sí, diría que soy... muy feliz.

—Eso está bien. ¿Pero sabes lo qué has dicho sobre algún futuro hijo? —tomó aliento de forma nerviosa—. Quizás no debamos esperar demasiado tiempo para descubrirlo.

–¿Quieres decir lo que creo que quieres decir? –preguntó Milos, acercando su cara a la suya.

–¿Te importa? –susurró mientras lo miraba.

El grito de júbilo de Milos resonó en la inmensidad del mar.

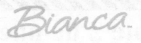

Como futura reina, sabía que el deber siempre tenía un precio...

Para proteger a la princesa Ava de Veers, James Wolfe tenía que mantener la mente centrada en el trabajo. Tras haber compartido una noche de pasión con ella, Wolfe sabía exactamente lo voluntariosa, independiente, y sexy, que era. Pero tenía que olvidar sus sentimientos por Ava para cumplir su tarea.

Wolfe era el hombre más atrevido que Ava había conocido en su vida, y la volvía loca. Sin embargo, cuando el peligro que amenazaba su vida se hizo mayor, supo que era el único hombre en el que podía confiar y solo se sentía segura en sus brazos.

El guardaespaldas de la princesa

Michelle Conder

Acepte 2 de nuestras mejores novelas de amor GRATIS

¡Y reciba un regalo sorpresa!

Oferta especial de tiempo limitado

Rellene el cupón y envíelo a
Harlequin Reader Service®
3010 Walden Ave.
P.O. Box 1867
Buffalo, N.Y. 14240-1867

¡Si! Por favor, envíenme 2 novelas de amor de Harlequin (1 Bianca® y 1 Deseo®) gratis, más el regalo sorpresa. Luego remítanme 4 novelas nuevas todos los meses, las cuales recibiré mucho antes de que aparezcan en librerías, y factúrenme al bajo precio de $3,24 cada una, más $0,25 por envío e impuesto de ventas, si corresponde*. Este es el precio total, y es un ahorro de casi el 20% sobre el precio de portada. !Una oferta excelente! Entiendo que el hecho de aceptar estos libros y el regalo no me obliga en forma alguna a la compra de libros adicionales. Y también que puedo devolver cualquier envío y cancelar en cualquier momento. Aún si decido no comprar ningún otro libro de Harlequin, los 2 libros gratis y el regalo sorpresa son míos para siempre.

416 LBN DU7N

Nombre y apellido	(Por favor, letra de molde)
Dirección	Apartamento No.
Ciudad	Estado	Zona postal

Esta oferta se limita a un pedido por hogar y no está disponible para los subscriptores actuales de Deseo® y Bianca®.
*Los términos y precios quedan sujetos a cambios sin aviso previo.
Impuestos de ventas aplican en N.Y.

SPN-03   ©2003 Harlequin Enterprises Limited

La noche más salvaje
HEIDI RICE

Decirle a un hombre guapo y casi totalmente desconocido que iba a ser padre no era sencillo. La química inmediata que catapultó a Tess Tremaine a la noche más salvaje de su vida no iba a desaparecer tan fácilmente... y nadie le decía que no a Nate Graystone cuando este decidía tomar cartas en el asunto.

Tess quería convencerse de que sus hormonas desatadas eran la única razón por la que no podía mantener a Nate fuera de su cama y de su pensamiento... y por la que no se cansaba de desear que el hombre más inalcanzable que había conocido nunca le diera más y más.

¿Qué esperar con un embarazo inesperado?

¡YA EN TU PUNTO DE VENTA!

Bianca

Si quería seguir adelante con el engaño, tendría que comportarse como una esposa devota… tanto en público como en la intimidad

«¡Dante Romani se compromete con su empleada!». Paige Harper no podía creerse que su pequeña mentira hubiera llegado a la prensa. La única manera de poder adoptar a la hija de su mejor amiga era fingir que estaba comprometida con su jefe, pero no había contado con las consecuencias...

La prensa se había pasado años alimentando la mala imagen de Dante. Quizá aquel falso compromiso fuera la oportunidad para mejorar su reputación, pero él pondría las condiciones...

Esposa en público…
y en privado

Maisey Yates